若きエリート閣僚に甘く狡猾に娶られました

～策士すぎる彼は最愛の妻を捕らえて離さない～

m a r m a l a d e b u n k o

橘　柚葉

marmalade bunko
マーマレード文庫

目次

若きエリート閣僚に甘く狡猾に娶られました
～策士すぎる彼は最愛の妻を捕らえて離さない～

若きエリート閣僚に甘く狡猾に娶られました

～策士すぎる彼は最愛の妻を捕らえて離さない～

プロローグ

「慰謝料代わりにお願いしたいことがあります……私を抱いてください」

バカげたことを言っている自覚はある。だけど、最後に彼のぬくもりを感じたかった。

覚悟をして飛び込んだ危険な男の腕の中。最初こそ警戒していたはずなのに、気づけば彼のことを愛してしまっていた。

「後悔しないか？」

困惑めいた表情の彼が言う。

後悔なんてするはずがない。貴方が欲しくてたまらないのだから。

彼は、不慣れな私に優しいキスをし、その大きな手で初心《うぶ》な身体を大人の女へと開花させていく。

好き。愛している。そんな愛の言葉を彼に告げることができたら、どんなに幸せだろう。

——でも、それはできない。

身体と身体を交わして、こんなに近くにいるのに。私たちは離ればなれになる未来しか訪れないのだから。

快楽に震えた瞬間、声にならない想いを吐き出した。

貴方が大好きです、と。

1

ここは国会議事堂に隣接されている議員会館。その一室を、神代総司《かみしろそうし》はとある人物に呼ばれて訪れていた。

午後からDX——デジタルトランスフォーメーション推進委員会が国会議事堂で行われる。

その委員会に出席する前に来て欲しいと言われて、この部屋の主を訪ねたのだ。

呼びつけた主は、それはそれは愉快だと頬を緩めている。

「なかなか男前に映っているじゃないか、総司。さすがは私の孫だな」

ソファーに深々と腰掛け、テレビを指さすのは祖父である神代義信《よしのぶ》だ。

現役の政治家であり、与党の党首。そして、内閣総理大臣である。

好々爺《こうこうや》のように朗らかに表情を緩めているが、眼光はどこか鋭い。

人当たりがよさそうに見えて、こういうところが曲者《くせもの》なのだ。

そんな彼を見て鼻を鳴らし、総司はソファーに腰掛けた。

義信はこちらを見て、未《いま》だに肩を震わせて笑っている。この状況を面白がっているのは、一目瞭然だ。

自分の思う通りに事が進み、さぞかし満足だろう。

それとも、いつも憮然として余裕を見せている孫が、周りに翻弄されている様子を楽しんでいるのだろうか。

どちらにしても、性格はあまりよろしくない。

年寄りの道楽に付き合わされる、こちらの身にもなってもらいたいものだ。

つけっぱなしのテレビには、にこやかな笑みを浮かべた自分が映っていた。

テロップが、『DX推進担当大臣　神代総司氏。民間人から大抜擢の若き司令官』などと出ており、大いに煽って視聴者並びに有権者にアピールしている。

総司の経歴についてアナウンサーが紹介を始めた。

『民間人から大抜擢された神代総司大臣は、なんと三十五歳という若さ。神代内閣総理大臣のお孫さんであり、ご実家はIT企業である〝神代ITソリューション〟。所謂《いわゆる》サラブレッドというわけなんです。皆さん、〝ゴッドセキュリティ〟というウィルス対策ソフトの名前。耳にされたことはありませんか？』

『CMでもよく見かけますし、パソコンショップに行けば目にしますよね』

『ええ。国内ナンバーワンシェアを誇るウィルス対策ソフトですが、そのソフトを開発したチームの中心人物が神代総司大臣なんだそうです。今回初めて設立されたＤＸ推進担当庁ではありますが、そこのトップとして神代氏が選ばれたのも納得ですね』

『そうですね。実績があるからこその大臣任命だったというわけです。家の七光りだと言う人もいるようですが、こういった新しいことを進めていくには若い力が必要で――』

大絶賛のあとに総司とインタビューアとの対談内容が少し流れたが、それを見て『なかなかに突っ込んだ内容をインタビューされても動じない様はさすがだ』とコメンテーターたちが口々にほめている。

総司本人からすれば、こんな偽りの顔をしている男を賞賛するコメンテーターたちの気が知れない。

自嘲気味に眉を上げ、テレビに映っている見慣れぬ自分を見つめた。

政治家なんてある意味、人気商売だ。

まず票を集めるためには、有権者に好印象を与えなければならない。

政策やマニフェストを打ち出すのも方法の一つではあるが、こうしたメディア戦略も大事な仕事の一つなのだろう。

それは民間人として大臣に大抜擢された総司にも同じことが言えるらしい。

人気が出れば、批判の声が少なくなる。そうすれば、DXはスムーズに行えるはず。

そのためには、もっと露出を増やすべきだ。

そんなふうに義信の第一秘書である紺野《こんの》に懇々《こんこん》と説得され、総司はイヤイヤメディアへの露出を決めた。

まったくもって面倒な職業だと、総司は肩を竦《すく》める。

身近に政治家がいるので、幼い頃から政界を垣間見てきた。だからこそ、義信の偉大さはわかっているつもりだ。ついでに、我慢強さに関しては脱帽している。

昔から義信に「跡取りになれ」と言われているが、冗談ではない。丁重にお断りをしている。

それなのに、結局は政治の世界に首を突っ込んでしまった。因果なものだ。

テレビに映っている総司は、愛想よくほほ笑んでいる。

総司の本性を知っている人たちは、噴き出して笑うだろう。目の前にいる祖父のように。

ひっきりなしに肩を震わせて笑っている義信にギロリと冷たい視線を送ったのだが、そんな睨《にら》みなどこの腹黒じじいには効《き》きはしない。

実際、メディアに引っ張りだこになっている総司を見て、両親は腹を抱えて笑っていた。

『調教ができていない獣が、とんでもなく大きな化けの皮を被っているな』などと、失礼極まりないことを言っていたのを思い出す。

確かにその通りではあるが、あまりに酷い言い草だ。

――こちらとしては、厄介事を引き受けてやったというのにな。

感謝こそされ、笑い者になるのは解せない。

憮然としながらテーブルに何冊も置かれている雑誌を一冊手にしてため息を零す。

どれもこれも先日出たばかりの冊子だ。

週刊誌、経済誌、政治関連本に、総司の記事が掲載されるのは理解できる。

だが、女性ファッション雑誌や月刊コミック誌などにも記事を載せる必要があったのだろうか。

それも記事の内容は、政治とはまったく関係のないことばかり。

『魅惑の大臣、神代総司の素顔に迫る』などと打ち出されたタイトルの記事には、総司のプロフィールが書かれている。

職歴などではなく、「これは国民に知らせる必要があるのか？」と思われる項目ばかりだ。

『身長百八十センチ、O型。年齢三十五歳、独身。足のサイズは二十八センチ。好きな色は深いブルー。休日の過ごし方は、愛犬との散歩――』

どこで手に入れた情報だと頭を抱えたが、この情報を意図的に流したのは紺野で間違いないはずだ。

以前から必要のない情報は流さなくてもいいと紺野に訴えていたのだが『女性人気を掴《つか》めば、ますます立場は盤石ですな。総司さんは、とにかくビジュアルがいい。素敵な武器をお持ちだ。それを前面に押し出すべきです』とほくそ笑んでいた。

さすがは総理大臣の秘書官というべきだろうか。ありとあらゆる手を使う戦法のようだ。

挙げ句の果てには、男性ファッション雑誌で『魅惑的なワイルドイケメン大臣、神代総司のスーツに迫る』などという政治とはまったく関係のない特集まで組まれる始末。

紺野曰く『男性誌なのに、女性が列をなして購入されたそうですよ。発売日当日に重版出来なんてすごいじゃないですか』などと策略めいた笑みを浮かべていたのは記憶に新しい。

手にした雑誌には大きな見出しで〝DX推進担当大臣　神代総司〟の名前が載って

おり、表紙にはでかでかと総司の写真が掲載されていた。

自分の容姿が武器になるのは、紺野に言われなくてもよくわかっている。

第一印象は大事とは言うが、外見のよさで得をしたことは多いだろう。もちろん、損をすることもままあるのだが。

それにしても客寄せパンダならぬ、有権者寄せパンダ状態に苦笑いしか出てこない。だが、それでうまく国民からの支持が得られ、ＤＸを推進できるのなら安いものだろう。

とはいえ、総司はこんなふうに表に出るのではなく、パソコンの前にいた方が性には合っている。

それなのに涙を呑んでメディアに出ずっぱりになっているのは、すべて円滑に政策を推進するためだ。致し方ない。

ため息をつきながら雑誌をめくっていると、義信が豪快に笑い出す。

「うちの総司は、絶対に政治家に向いていると思ったんだ。今回の大臣抜擢で少しはやる気になったか？」

「……勘弁してくれ」

「こうして国民に人気が出ているのを見て、末は総理大臣か、なんてあちこちで言われているぞ？」

冗談交じりでニヤニヤと笑っているが、この爺さんは本気で自分の後釜に総司を据えようと昔から考えている。

持っていた雑誌をテーブルにぞんざいに置き、ソファーに背を預けた。

すると、いつのまに来ていたのか。紺野が、こちらも曲者らしき笑みを浮かべながらコーヒーを目の前に差し出してくる。

「総司さんには、ぜひこのまま政界に残っていただきたいですね。義信先生が引退されましたら、私と息子で貴方をサポートしますから」

「……」

「一企業のSEだけに止《とど》まるような方ではないと、お見受けいたしますが？」

総司の父と幼なじみである彼も、義信と同様で昔から総司を政治家の道に進ませたいと思っているようでとにかくしつこい。

盛大にため息をついたあと、「勘弁してください」と首を横に振る。

「これでも実家の跡取り息子ですからね。そちらを優先させていただきますよ。それに、〝あの仕事〟を引き受けているだけでも感謝してもらいたいぐらいです。その上、今回はこんな厄介事にも巻き込まれたんです。これ以上は望まないでください」

出されたコーヒーに口をつけて、もう一度首を横に振る。

残念ですね、と言い合う二人を見て、「本当に勘弁してくれ」とこの場から逃げ出したくなった。

総司は常日頃は神代ITソリューションのSE——システムエンジニア、そして会社の重役として働いている。

だが、それは表の顔に過ぎない。

政府機関に極秘任務を依頼され、難問題を解決しているホワイトハッカーの任も請け負っている。

表だっての活動は一切しない。公表しない。それを条件として、政府からの依頼を受けているのだ。

国家の機密事項を探ろうとする不届き者はあとを絶たない。

国内外あらゆるところが危険に晒されていると言っても過言ではないだろう。

次から次に魔の手が伸びてくる現状を食い止めているのは、国内で内密に活動をしているホワイトハッカーたちだ。

その中に、総司も籍を置いているのである。

プログラマーとして、そしてエンジニアとして。悪事を働く人物を野放しにしておけない。

だからこそ、そんな輩《やから》たちを潰すべくホワイトハッカーとして活動をしているのである。

本来なら隠密のように任務を遂行するのが、総司のやり方だ。

だが、信念を揺るがす情報を義信から聞いてしまい、渋々ながらではあるが矢面《やおもて》に立つ覚悟をして大臣を引き受けたのである。

どうやら政府内部からサイバー攻撃をしようとしている人物がいるらしい。

その人物の特定をして欲しいという話を義信に持ちかけられ、腕が鳴ったのだ。

そもそも、そういう悪事を働く人間を見過ごすわけにはいかない。

抑制できる知識と力を持っていると自負している総司が、是正するべきだと立ち上がったのだ。

しかし、今回の依頼はなかなかに厄介な問題が絡んでいた。

どうしたって解決までには時間がかかってしまうし、捜査にも限界がある。

一人のホワイトハッカーという立場だけでは得られない情報や人脈。それらを使えるのは、残念ながら限られた人間のみだ。

問題解決のためには、その立場が喉から手が出るほどに欲しい。そんな経緯で、大臣の椅子に座る覚悟をしたのだが……。

残念ながらというか、やはりというか。それだけのために、義信は総司を大臣の椅子に座らせたわけではなかったのだ。

義信をジトッとした目で見つめる。

「爺さんに頼み込まれたから仕方がなく大臣を引き受けてやったけど……。サイバー攻撃以外も、なかなかに大変な状況じゃないか」

「ハハハ。だからこそ、私の優秀な孫に声をかけたんだ。頼りにしているぞ」

義信は簡単に言っているが、堪ったものではない。

こちらは頭を抱える事態になっていたのだ。

サイバー攻撃の犯人をあぶり出すだけでも大変なのに、それと同時進行で国内のDXを推進しろと厳命されてしまった。

今回、義信がDX推進担当庁を設立したのには、サイバー攻撃などの機密情報防衛以外の目的もある。

先進国の中でも、IT化がかなり遅れている日本。前々から問題視されてきたのだが、なかなかうまく推進できずにいた。

理由はいくつもある。

行政の縦割り問題、中央と地方の不整合。上げればきりがない。問題は山積みだ。

それでも、少しずつ改善に向けて動いていくしかないだろう。

それにしても、これらの問題はなかなかに厄介なものだ。

ペーパーレス化、デジタル化を政府が謳っているにもかかわらず、それに難癖をつけて妨害してくる政治家、官僚は一定数いる。

理由は様々だとは思うが、デジタル化で開示されては困る何かを抱えている輩もいそうだ。

とはいえ、時代がＤＸに進んでいる今。ここで手をこまねいているわけにもいかない。

日本としては、なんとしてもＩＴ先進国と足並みを揃えていきたい。

国内だけに止まらず国外とのやり取りに関してもＤＸを進めていかなければ、どんどん後れを取ってしまう。

だが、法案や政策を通すためには、賛成人数が多数必要になってくる。

数で抑圧するしか方法はない。

「総司、今も反発勢力は強いか？」

「ああ。反発している爺さんたちが重鎮ばかりだからな。かなり難しい状況ではあるが……。なんとかしてみせるよ」

カップに残っていたコーヒーを飲み干し、ゆっくりと立ち上がる。

じゃあ、と手を上げて背を向けた総司に、義信は声をかけてきた。

その声は、先程までの柔らかなものではない。鋭く厳しい、国のトップとしての威厳に満ちていた。

「総司。任せたぞ」

「わかっている」

ヒラヒラと手を振ったあと、部屋を出る。

部屋を出てすぐの通路には総司の秘書であり、大学時代からの悪友でもある小早川《こばやかわ》陸《りく》が壁にもたれて待っていた。

タブレット片手に何やら忙しそうに作業していたが、総司の顔を見るなり背筋を伸ばした。

小早川も神代ITソリューションに籍を置いているエンジニアだ。

今回、大臣を引き受ける際に総司から「秘書をしてくれないか」と声をかけた。

小早川は二つ返事で引き受けてくれ、内心ではとてもホッとしている。

彼は昔から総司に足りない部分をカバーしてくれているし、何よりエンジニアとしても腕が立つ。

自分の背中を預けられるのは小早川だけ。そう思って信頼している男だ。

ただ、長年一緒にいるだけあって、総司の色々な面を知っている。だからこそ、厄介な男ではあるのだが……。

その辺りを差し引いたとしても、彼の有能さはずば抜けている。

この小早川という男。総司とは違ったタイプの色男だ。

学生時代から二人一緒に歩いていると、女性からの秋波《しゅうは》がすごかった。

それは現在も同じで、正直なところ少々辟易としている。

総司は女性に対してクールな面があり、あまり関わりたくないと思っている。

とにかく女性と付き合うという行為自体が面倒くさいのだ。

相手の気持ちと同様、もしくはそれ以上の気持ちを返さなければならないのも煩《わずら》わしい。

「仕事と私、どちらが大事なの⁉」

そんなふうに喚《わめ》かれるのも、堪ったものではない。

正直に「仕事」と答えると、泣き叫ばれるか、平手打ちが待っている。

恋愛する時間があるのなら、パソコンの前にいた方が有意義だ。

結局、自分は恋愛体質ではないのだろう。

仕事より君と一緒にいたい。そう思える女性に未だに出会っていないのだから。

一方の小早川は正反対で、フェミニストだ。恋多き男である。

容姿、性格。どちらも対照的な二人。だからこそ、息の長い付き合いができているのかもしれない。

お互いがリスペクトしているからというのも、大きな理由の一つだろう。

小早川にアイコンタクトをして歩き出すと、彼は少し後ろをついてくる。

「大臣、これからの予定ですが――」

タブレット片手にそう切り出してきた小早川の言葉を聞き、足を止めて振り返る。

ギロリと睨みつけ冷たい視線を向けながら腕を組む。

「それ、やめろって言っただろう?」

大臣と呼ばれるのを、あまり好まない。それも昔からの仲である小早川に言われると背中が痒くなる。

わかっているのに、言ってくるのがこの男だ。

憮然として顎を上げたが、総司を見て彼はゆったりとほほ笑んで見せる。

「ここが、どこだかおわかりですか？　大臣の足を引っ張ろうと虎視眈々《こしたんたん》としている輩があちこちに存在する議員会館ですよ？　キッチリと我々の関係性を示しておかないと、重箱の隅をつついてくる暇な人間に餌を与えることになります」

「面倒な。言わせておけばいい」

「その通りではありますが、そんな輩の相手をする時間など我々にはないのでは？」

「確かに」

小さく息を吐き出したあと、「了解」とだけ言って再び歩き出す。

国会議事堂へと向かう途中、取り巻きを従えて歩いてくる人物がいた。

暁菊之助《あかつききくのすけ》。衆議院議員である。威圧的なオーラを纏う矍鑠《かくしゃく》とした老人は、与党の暁派閥の代表だ。

政界のドンと言われている菊之助は、この永田町での発言力の強さには定評がある人物。

彼の鶴の一声で情勢が変わる。そう言わしめるほど、各方面に影響力がある人だ。

菊之助を味方に引き込めれば、うまく政策を通せるだろう。

そんなふうに睨み、極秘に菊之助の身辺を探ってみた。

彼の弱みを握れれば、停滞しているＤＸに風穴を開けられるかもしれない。

そう思って探っていたわけなのだが、一つ興味深い情報を得た。

それは菊之助の孫娘、暁美織《みおり》という女性についてだ。

菊之助は今も尚、この永田町で勢力を広めたい様子。

その餌として、自分の孫娘を使って利益に繋がるパイプを得ようとしているという情報を掴んだ。

可哀想に。そんな野心ありまくる祖父のせいで、美織という女性はここ最近見合い続きだという。

だが、美織は大人しく祖父の言いつけを守るような女性ではないようだ。

彼女は、片っ端から縁談を潰している。見合い相手の弱点を突き、破談に持ち込む手腕は鮮やかだ。

詳しい内容が記《しる》された報告書を読むと、思わず噴き出してしまうほど強烈な破談材料を見合い相手に突きつけている。

恐らく、菊之助に反抗しているのだろう。なかなかに興味深く、面白い。

彼女は、ごく普通のOLとして慎ましく働いている。

静かな環境で、自分の意志を持って小さな幸せを得たいと足掻いているのだろう。

それを血縁者である祖父に妨害されている状況を、彼女はどんなふうに思っているのか。

政界に携わる人間の周りは、何かと理不尽な思いをすることが多い。

それは、総司も身をもって体感しているので痛いほど気持ちがわかる。

彼女は幼い頃に両親を亡くしていて、菊之助に育てられたようだ。

恩を仇《あだ》で返すのか。そんなふうに言われてしまったら、菊之助に刃向かえないだろう。

菊之助の時代錯誤な考えに巻き込まれている彼女に同情を覚える。だからこそ、彼女に手を差し伸べてやりたいとも思うのだ。

女性に特に関心を持たないのに、彼女を気にしているのには理由がある。

暁美織とは、一度だけ面識があるからだ。

あれは、総司が二十二歳のとき。彼女はまだまだ幼く、中学生ぐらいだっただろうか。

暁菊之助の生誕を祝う会という、政財界の重要人物や会社役員などが一堂に会する大きなパーティーに出席した折に彼女と会った。

本来、家や会社を代表するパーティーなどは父が出席している。

だが、そのとき父は体調を崩してしまっていて、どうしても行けなかった。

そのため、総司に白羽の矢が立ったのである。

当の本人も急遽見つかったプログラミングのバグ取りをして徹夜だったため、フラフラな状態での参加となってしまった。

最初こそ父の代わりに挨拶回りをしていたが、だんだんと立っているのが辛くなってきてしまった。

一旦挨拶回りを中断し、パーティー会場を抜け出してロビーのソファーで項垂《うなだ》れているときだった。

かわいらしいワンピース姿の女の子が、ペットボトルのミネラルウォーターを手渡してくれたのだ。

「顔色が優れませんけど……。大丈夫ですか？　医務室にお連れしましょうか？」

礼儀正しい彼女は、そう言って心配そうに顔を覗《のぞ》き込んできた。

彼女の目がとても澄んでいて、キラキラしていて……。

純粋で汚れのない無垢な子だ、と心が洗われた。

今回のパーティーに子どもの姿は見かけなかった。恐らく彼女だけだろう。

それでわかったのだ。彼女は、菊之助の孫であるということが。

美織は菊之助の側近に呼ばれてその場を離れてしまったのだが、最後の最後まで総司の心配をしてくれていた。

彼女が離れてすぐホテルマンがやってきて部屋に案内してくれたのだが、美織の指示があったのだと思う。

一人で歩けなかったので、彼女の心配りには本当に感謝した。

そのときの借りは未だに返していないし、お礼も言っていない。

だからこそ、いつかその借りを返したいとずっと思っていたのだ。

美織とはその後、一度も顔を合わせていない。

今回の調査は人に依頼したものなので、総司は現在の美織の姿は写真だけでしか見ていないのだ。

あれから十三年が経過。純粋で無垢な女の子は、大人の女性へと変貌を遂げていた。

間近で見たら、どんな印象を抱くだろうか。

菊之助は取り巻きたちに笑顔を振りまいたあと、車に乗り込んだ。

車はゆっくりと動きだし、総司の目の前を通っていく。

菊之助は前を向いたままで、総司の存在に気がついていない。そんな彼の横顔を、車が通り過ぎるまで見続けた。

この男が、美織の未来を潰そうとしている。そう思うと、心の奥底から怒りが込み上げてきた。

——彼女を助けてやりたい。

自然とそんな気持ちになっていた。

「どうしましたか、大臣」

側にいた小早川が訝しげに声をかけてきた。

心配そうにしている彼を振り返り、ニヤリと意味深に口角を上げる。

「王子様にでもなってやろうかと思ってな」

「はぁ……？」

秘書の顔が剥がれ、友人としての表情を見せる小早川を見て、小さく笑う。

「この前、調べてもらった彼女に近づくぞ。準備をしてくれ」

「……最大派閥に恩を売るのか？」

さすがは小早川だ。こちらの考えを瞬時に把握したようである。

太いパイプが欲しい。そう思っている菊之助にとって、総司はなかなかに価値のある人物であろう。

実家は大手IT企業。そして、祖父は総理大臣の神代義信だ。

与党内で、暁派閥と肩を並べられるほどの大きさを誇っているのは神代派だ。

総司と美織。二人が結婚をし、神代家と暁家との縁が結ばれれば、何かと都合がいい。

もちろんデメリットもある。だが、それを上回るメリットはあるだろう。

きっと菊之助は、話に飛びつくはずだ。

こちらとしても菊之助と繋がれば、DXに難癖をつけてくる何やら訳ありな重鎮たちを黙らせることができるだろう。

——そして、彼女を一時でも助けてやれる。あのときの借りを返せる。

未来のビジョンは、脳裏に出来上がった。あとは、それを遂行するのみだ。

一つ頷《うなず》くと、彼はすぐさま「わかりました」と返事をしたあと携帯を取り出し根回しを始めた。

そんな彼を背に立ち、総司は顎に手を置いて、ニヤリと不敵に笑った。

2

——素敵な振り袖……。自分の手駒である孫娘が高値で売れるように、毎回着飾らせて。おじい様も大変ね。

九回目の見合いのために用意された寒椿があしらわれている振り袖は、黒地に真っ赤な花模様が鮮やかだ。

百六十センチの華奢なだけの身体が、清楚なお嬢様に見えるのはこの着物のおかげだろう。

身に纏っている振り袖は値段がつけられないほど価値があるらしい。

腰まである黒く艶やかな髪はアップにし、控えめなかんざしが挿されている。

とはいえ、このかんざしは人間国宝の手によって作られたもの。

こちらも着物同様、目玉が飛び出てしまいそうな値段がつけられているのだろう。

政治の駒として利用しようとしている孫娘を、見目よくするためには高価な張りぼてに頼るしかない。

そんな思いで、豪華絢爛な着物を用意させたのだろうか。

皮肉交じりにそんなことを考えながら、見合いの席として設《もう》けられたクラシカルな高級ホテル内にある料亭へと続く中庭を歩く。

暁美織、二十七歳。都内の企業にて受付業務をしている。

見た目はお淑《しと》やかでたおやかな大和撫子《やまとなでしこ》に見えるらしい。

だが、実際は猪突猛進《ちょとつもうしん》な面があり、アグレッシブな負けず嫌いが時折顔を覗かせる。

それでも、とりあえず清楚なお嬢様に見えているのは、物心ついた頃から行儀作法などを徹底的に叩き込まれたからだ。

美織に幼少期からマナー教育をしてきたのは手駒として利用するためだったのかと思うとため息しか出てこない。

両親は美織が幼い頃に事故で死去。ひとりぼっちになってしまった美織を育てたのは、父方の祖父である暁菊之助だ。

母方の祖父母は菊之助に色々と援助してもらっていた手前、何も口出しできないらしい。

ひたすら美織に対して無関心を貫いている。

菊之助は、与党内部を牛耳っている暁派閥のトップでもある。

政界のドンとは誰が言ったのか。だが、そんな二つ名があるほど、政界での発言力は強いものがあるらしい。

それだけの地位と名誉があれば、これ以上何を望む必要があるのか。

そう思うのだが、彼の欲は尽きないらしい。

今以上に暁の名を絶対的なモノにしようと、躍起になっている。

ここまで来ると、彼の趣味は〝野望〟なのではないかと思うほどだ。

だが、そんな菊之助にないもの。それは、後継者かもしれない。

自分の後釜にと大事に育ててきた美織の父は、事故に巻き込まれて帰らぬ人となってしまった。

そのときに、美織の母も亡くなっている。美織一人だけが助かったのだ。

不幸な事故のせいで、現時点で菊之助の後継者はいない。

しかし、長年培ってきた地盤を他人の手に委ねるとは思えないので、恐らく菊之助の甥あたりが引き継ぐのではないかと睨んでいる。

暁家を絶やさぬため、そして後継者の地位を揺るぎないものにするため。

菊之助は唯一残った直系の孫である美織を犠牲にしようとしているのだ。

色々な業種のトップと繋がりがある男性と美織を結婚させ、暁家のバックアップをさせようと菊之助は考えている。

大手ゼネコン関係者から始まり、そうそうたる顔ぶれを見合いの席に送り込んできた。

だが、そんな祖父の野望を片っ端から潰しているのは、美織本人だ。

ここまで八回の見合いを強いられてきたが、どれもこれも難癖をつけて破談にしている。

菊之助の思惑には、簡単に乗りたくない。

そう思って、見合い相手の素性を洗い出しては弱みを握り、相手のプライドを傷つけるような情報を突きつけて破談になるように仕向けてきた。

今日の見合い相手の素性もしっかりと調べ上げてきている。縁談を潰す気満々だ。

しかし、いつまでこんなイタチごっこが続くのだろうか。考えただけでも憂鬱になる。

これまでの見合いは、なんとか潰せた。だが、ずっと破談にできるとは到底思えない。

破談にできなければ、いずれ好きでもない男の元に嫁がされるのである。

そして、菊之助が死ぬまで大人しく彼の言いなりにならなければならないだろう。

下手をしたら、祖父の後継者にも自分の人生を利用されるかもしれないのだ。

考えれば考えるほど、自分の人生に選択の余地は残されていないのだと落ち込む。

美織は、抗えぬ運命にもがくのを諦め始めていた。

絶望的な気持ちで、いつ自分が望む未来への道が途切れてしまうのかと怯えながら待っている。

逃げ出してしまいたい。だが、それができない現状に気持ちは塞いでしまう。

社会人として一人立ちできる年齢は、とっくに過ぎている。

そんなにイヤなら、菊之助の元を去ってしまえばいい。そんなふうに周りは言うかもしれない。

だが、それができるのなら、とっくにしている。

言われるがままに——とはいえ、破談に追い込んでいるが——見合いをしているのには、事情がある。

菊之助から「見合いをしなければ、お前の勤め先に私の孫だと伝える。もしくは、会社を辞めさせる」と言われてしまったからだ。

大学卒業後から勤めている会社には、美織の祖父が衆議院議員の暁菊之助だと伝えていない。

もし、周りに知られてしまったら、平穏な生活を送れなくなってしまうだろう。

大学生のときに、菊之助の孫だとバレて大変な目に遭っている。野心がある男性たちが、美織に接近してきたのだ。

彼らは明らかに〝政界のドン〟と繋がりたいだけで、美織などどうでもいいと思っていた。

彼らから逃げるためにかなり骨を折ったが、結局そのときは菊之助の力をもって強引に事を収めたのである。

端《はた》から見れば、大切な孫娘に群がる男性たちを蹴散らした。そんな美談に見えるかもしれないが、真相はまったく違う。

その男性たちでは、菊之助のお眼鏡に適《かな》わなかった。ただ、それだけだ。

群がってきた男性の中に、祖父の目を惹く人間がいれば……。今頃はとっくに人妻にさせられていただろう。

ここまでは破談にできたが、いつまで逃げられるのか。

いや、今回ばかりは逃げられないかもしれない。その恐怖心と戦っている毎日だ。

裾捌《すそさば》きを気にしながら、重い足を動かして寒椿が咲き乱れている庭園を静かに歩く。

昨夜降った雪は、寒椿に今も残っている。

寒椿の赤、葉の緑、そして雪の白。コントラストが目にも鮮やかだ。

これから行われる見合いがなければ、このまま雪景色をずっと眺めていたい。

しかし、そんなわけにもいかないのだと、美織を先導していた人物が現実に引き戻してくる。

「美織お嬢さん。どうかされましたか?」

お目付役である黒月勝美《くろつきかつみ》が振り返って声をかけてくる。

彼は、菊之助の私設秘書をしている男性だ。

三十五歳の彼は独身で、両親はすでに鬼籍に入っていると聞いている。

漆黒の黒髪を後ろに流し、切れ長な目はこちらの考えをすべて見透かしているように見えて緊張してしまう。

美麗な姿は、菊之助の後援会のマダムたちにも大人気だ。

自分の娘の婿に、と望む人が多数いるようだが、それらを片っ端から断り続けているらしい。

「今は勉強中の身ですから」というのが、断るときの常套句なのだとか。

絵に描いたような堅物で真面目な黒月は、菊之助のお気に入りでもある。

だからこそ、こうして美織の見合いに同席を許されているのだ。

これまでの見合いに、菊之助の姿はなかった。

美織の人生がかかっている大事な見合いの席だ。それなのに、一度として顔を出したことはない。

彼が美織に対して身内としての愛情がないのは、一目瞭然だ。

菊之助にとって、美織は役に立たなかった息子の娘という印象のみだ。

ここまで美織を育ててきたのは、世間体だけで、いずれは政治の駒として利用するために側に置いているだけだ。

何も言わずに立ち尽くしていると、黒月は再び「お嬢さん？」と声をかけてきた。

ハッと我に返って、首を横に振る。

「いえ、寒椿が綺麗だったから。つい……」

視線を落とした美織に対し、黒月は感情の見えない声で促してくる。

「そうですか……。では、参りましょうか」

小さく頷くと、彼は安堵したように再び歩を進めた。

彼の背中を見てこっそりと息を吐き出したあと、美織も渋々ながら足を動かす。

料亭の個室に向かうと、そこには人のよさそうな笑みを浮かべた男性がいた。今日の見合い相手だ。

都内に何カ所もある総合病院の跡取り息子だという。

男性の傍らには、彼の母親であろう女性が上品に座っていた。

挨拶を済ませ、その男性、植田《うえた》の真向かいに腰を下ろす。

植田は人当たりがいいという噂通りで、柔らかい表情を浮かべている。

だが、美織の調査でわかったことだが、腹の中は真っ黒だ。

彼は未婚ではあるが、数々の女性を泣かせてきた遍歴がある。所謂、女の敵だ。

そのあたりは、しっかりと調べ上げている。

今までの見合い相手、そして植田の調査を手助けしてくれたのは、美織の母方の従兄だ。

美織の境遇に同情してくれる、優しい従兄である。

彼から届いた調査書を頭の中に思い浮かべたあと、植田に向かってにっこりとほほ笑む。

「お見合いの前に、お聞きしたいことがございます」

着座してすぐに切り出すと、植田と彼の母親は訝しげに顔を歪めた。これは想定内だ。

それより気になるのは、隣にいる黒月の存在である。

彼は、菊之助の代理としてこの席にいるのだ。

彼が口を出してくれれば、これから美織が話そうとしている植田の悪事を暴露する前に丸め込まれてしまう可能性が高い。

だが、彼は我関せずといった様子で、出されたお茶を飲んでいる。それを見て、ホッと胸を撫で下ろした。

彼としては、菊之助に命令されたから、見合いの席にいるだけなのだろう。

早くこの茶番が終わって欲しいと思っているのは、彼も一緒なのかもしれない。

黒月は、菊之助に半ば放置されている孫娘の側にいても旨みはないと判断しているのだろう。

——本当、見合いの席におじい様がいなくて助かったわ。

もし、ここに菊之助がいたら、美織に発言を許さなかったはずだ。

そうなったら最後、いいも悪いもなく縁談を纏められてしまうかもしれない。

美織に対して関心があまりない祖父にこのときばかりは感謝しながら、外面よく穏やかにほほ笑んだ。

「私……。好きな人を独占したい質《たち》なのです」

「は、はぁ……」

いきなり切り出したので、相手側としても警戒したはず。

それなのに、男心を擽《くすぐ》るような発言をしたので、ビックリしているようだ。

美織の発言に反応したのは、植田ではなく母親の方だった。

「なんてかわいらしい方なの！ そして、とっても一途（いちず）。そんな女性がお嫁に来てくれるなんて嬉しいわ。うちの子に尽くしてくださる。そうおっしゃりたいのね？」

手を叩いて喜び、この縁談は成功すると確信した様子で母親は目を輝かせる。

「安心なさって、美織さん。うちの子は、とっても奥手で一途なの。一生貴女だけを愛するはず。保証いたしますわ」

胸を張って言い切る夫人からは、微塵も嘘を感じない。

恐らく、夫人は何も知らないのだろう。なんだか哀れに思ったが、それでも彼女の息子の悪歴を伝えなければならない。

困ったように、美織は口元を手で隠す。

「そうなのですか。でも、私……心配なんです」

「あら。何が心配なの？　大丈夫よ、美織さん。貴女は暁先生のお孫さん。礼儀作法などは幼い頃からお勉強されていらっしゃると伺っていますわ。それに、立ち居振る舞いも大したものです」

「……」

「何も恐れることはないわ。我が家の方針など、私が丁寧に指導させていただく予定よ」

ほら、大丈夫。そんなふうに朗らかにほほ笑む夫人に、首を横に振って視線を落とす。

「違うのです」

「え？」

「私が心配しているのは……。旦那様になられる方を、その他大勢の女性と共有する覚悟がないということなのです」

美織の発言を聞き、最初こそ目を丸くしていた夫人だったが、慌《あわ》てた様子で否定してくる。

「何をおっしゃっているの？　美織さん。うちの子は、そんな――」

「私、知っているのです」

夫人が必死に訂正しようとするのを制止し、美織は落としていた視線を上げる。

そして、植田に目線を合わせた。

「加奈子《かなこ》さん、真衣《まい》さん、井上《いのうえ》夫人、レイラさん、ロイズさん、高級クラブのママである――」

女性の名前を挙げていくと、だんだんと植田の表情が強ばったものに変化していく。彼の恋人たちの名前だからだ。

青ざめている彼を見て、眉尻を下げてあたかも悲しんでいるように言葉を発する。

「他にもたくさん女性と逢瀬を繰り返されているとお聞きしております。未婚、既婚問わずに植田さんは女性をかわいがっていると……」

「えっと、美織さん？」

形勢が悪くなってきたのを肌で感じているのだろう。植田は、今にもこの場から逃げ出しそうだ。

それもそのはず。彼の隣に座っている夫人の顔色が、般若《はんにゃ》の面のように青白くなっているからだ。

彼女の眼光は鋭く、人を射貫《いぬ》いてしまいそうなほど怒りが込められている。

従兄からもらった調査書には、植田は母親に頭が上がらないと記載されていた。調査書通りのようだ。

夫人が顔色を変えたのは、どこかでその噂を聞いていたからだろう。

しかし、息子かわいさのあまり噂はデマだと片付けていた。

でも、美織の発言で、噂がデマではないと確信しつつあるのかもしれない。

菊之助の力を使い、あらゆる方法で情報を集めてきたと夫人は思っているはず。

美織の言葉は、嘘ではないと判断したようだ。夫人は、怒りに身体を震わせている。

植田はそんな母親を見て、ますます縮こまった。

これから起きるであろう、母親からの数々の尋問に震え上がっているのだ。

ここからは植田家の問題である。美織の出る幕ではない。

調査書に書かれていたが、過去に関係のあった女性たちは口を揃えて植田に対して恨みを言っているらしい。

酷い扱いをされた女性たちの無念。今回、少しでも晴らせたのならいい。

美織は腰を上げ、植田親子にゆったりとほほ笑む。もちろん、淑女の笑みだ。

「と、いうことで。私では、植田さんの妻は務まらないですね。このお話は、なかったということで」

それだけ言うと、その場をあとにした。

障子を閉めた途端、中から言い争う声が聞こえたが、あとはそちらで処理してもらおう。

これで九回目の見合いを潰すことに成功。ホッと胸を撫で下ろす。

仲居に帰る旨を伝えたあと、ゆったりと歩きながら小さくため息を零す。

毎回同じようなパターンで縁談を潰しているが、菊之助はもう少しまともな相手を用意できないものだろうか。

太いパイプが欲しいのならば、慎重に考えるべきだ。

すぐに破綻し、足を引っ張られるような関係を築いても仕方がないのに。

料亭を出て、再びホテルの中庭へと足を進める。

先程はしっかり鑑賞できなかったが、ここの寒椿は見事だ。

日が差してきた。降り積もっていた雪が日の光に反射してキラキラと輝いて見える。

「綺麗……」

歩を進めていくと、東屋を見つけた。そこに腰を下ろし、冷たく冴え切った空気の中で深呼吸をする。

ここ最近、毎週のように見合いをしていたので、こんなふうに心落ち着かせる時間は持てなかった。

身体から力を抜くように息をついていると、こちらに向かってくる足音が聞こえる。

振り返らなくとも誰の足音かわかり、知らず知らずのうちにため息が零れ落ちてしまう。

「美織お嬢さん」

頑なまでに堅い口調は、黒月のものだ。

彼は先程の見合いの後始末をして、美織を探しに来たのだろう。

手にはショールを持っている。彼は美織の肩にショールを掛けようとしてきた。

慌てて黒月の手を払いのけたが、彼は特に顔色を変えずショールを手渡してきた。

いりません、と首を横に振ると、彼は沈黙したまま、その場に立ち尽くした。

なんとも言えぬ空気を感じて居心地が悪く、思わず彼に憂いの気持ちを吐き出してしまう。

「私に結婚してもらいたいのなら、おじい様だって見合いの席に来るべきだと思う。一度も来ないなんてあんまりじゃないかしら」

「……」

「私は、あの人にとって政治の駒だってわかっている。だけど、それなら駒をきちんとした人物に渡そうとは考えないの？」

言っていてむなしくなってきた。黒月に言ったとしても無駄なのに。

菊之助に育ててもらった恩がある。そして、祖父の駒として使われることに関しては、残念ながらどこかで諦めの気持ちがある。

でも、思ってしまう。駒として孫娘を使うのならば、せめてきちんと行く末を見守っていて欲しい、と。

血の繋がりがある祖父だからこそ、少しぐらいは愛情を見せて孫娘の将来を心配して欲しかった。

そんな本心がチラリと出てしまい、慌てて言い繕う。

「ごめんなさい。今、言ったことは忘れて」

首をフルフルと横に振り、立ち上がったときだ。

今まで何も言わずに美織の言葉に耳を傾けていた黒月が口を開く。

「お嬢さん。次回の見合いには、先生がお越しになります」

「え?」

まさか、そんなはずはない。

驚きのあまり振り返ると、彼は相変わらず気持ちが読めない表情でこちらに視線を向けていた。

一歩、一歩と美織に近づき、長身の彼は顔を覗き込んでくる。

堅く冷たい印象なのに、美織を見据える瞳はどこか熱を感じる。

それに、彼は昔から美織に対しての距離が近すぎると思う。

その距離の近さに驚愕し、慌てて後ずさった。

美織を見て、黒月は頬に笑みを浮かべる。そんなふうに表情を緩めた彼を見たことがなく、びっくりして目を見開いた。

「次回の見合いが最後だと、先生はおっしゃっておられました」

「最後……」

ゾクリと背筋が凍《こお》る。菊之助が最後だと宣言しているのならば、どんな輩が来たとしても縁談を纏める気でいるということ。

もう逃げられない。そう言いたいのだろう。

ギュッと手を握りしめていると、黒月は抑揚を感じない声で続ける。

「ええ。最後だという意味、おわかりいただけますよね?」

「……」

無言のまま視線を落としていると、彼は小さく笑う。

その笑い声に驚いて顔を上げると、いつもと同じで熱の籠もった視線を向けられる。

「ちなみに、記念すべき十回目……。最後の見合い相手は、私ですよ」

「え……?」

耳を疑った。今、黒月は何を言ったのだろうか。

目を大きく見開いて、彼の表情を窺《うかが》う。冗談だと書いていないかと、必死になって探す。

美織が動揺しているのが、彼にはわかったのだろう。細めた目が、面白いと物語っている。

「もう、貴女は逃げられない。そういうことです」

「あ……」

黒月の指が、美織の唇に触れた。彼の手を払いたいのに、身体が硬直してしまって手を払いのけられない。

唇の輪郭をなぞるように、彼の指が動く。だが、すぐに指は離れていった。

嫌悪感が背筋を走り、慌てて視線をそらす。そんな美織に近づき、黒月は耳元で妖しく囁《ささや》いてきた。

「その唇も、髪も……。そして、美織お嬢さん全部を私のモノにして差し上げます」

「っ！」

「楽しみにしておりますよ、美織お嬢さん」

「……」

硬直したままゆっくりと顔を上げると、そこには彼はいなかった。

東屋から出ようとする彼の後ろ姿が見える。

美織の視線を感じたのか。彼は足を止め、背中を向けたまま声をかけてきた。

「帰りはどうなさいますか？」

先程の妖しげな雰囲気から一変、黒月はいつも通りの事務的な態度に戻る。

「一人で……。タクシーで帰ります」

震える唇でなんとかそれだけ伝えると、「わかりました」とだけ言って、黒月は去っていった。

残されたのは、静寂な空気と絶望を纏った美織だけだ。

「まさか……最後にラスボスが残っていたなんて」

黒月は、色々な意味で完璧な男だ。菊之助の補佐を何年もしているので、菊之助からの信頼は抜群である。

そんな彼を、最終的に美織の婚約者にしようと菊之助が動いた。これは確実に縁談を纏める気なのだろう。

黒月について従兄に調べてもらったとしても、彼にとって都合の悪いことなど何も上がってきそうにもない。

それほど彼は完璧で、菊之助に敬服している。

何事にも完璧な黒月が、菊之助を困らせるような汚点を残しておくはずがない。綺麗に処理しているだろう。

前々から、黒月が美織の婚約者候補に上がることはあった。だが、彼のバックには菊之助が望むものはない。

だからこそ、彼だけは婚約者にならないと思っていたのに……。

それだけ、菊之助が黒月を買っているということなのだろう。

現時点で、菊之助には引退後の跡継ぎがいない状況だ。彼の跡継ぎ候補に、常に黒月の名前があったのは確か。

恐らく菊之助は覚悟を決めたのだろう。自分の跡継ぎとして、黒月を指名しようと。

そのためには、暁家に黒月を引き込まなければならない。

手っ取り早く暁の姓を名乗る方法は、美織との結婚だろう。

菊之助は黒月に何もかもを委ねるつもりだ。

――でも、黒月さんだけは、絶対にイヤだ。

力なく再びベンチに腰をかける。そっと手のひらを見つめていると、そこに一粒の涙が落ちた。

彼が菊之助の秘書になって何年経っただろうか。

得体の知れない存在の彼だが、見た目こそ整っていると思う。

周りの人間からも「秘書の黒月さん、格好いいし。貴女に従順だから結婚相手にぴったりじゃない？」などと言われてきた。

確かに一見では、黒月は素敵な男性かもしれない。だけど、美織は苦手だ。

彼が美織を見るときの視線。あれが、どうしても好きになれない。

黒月と結婚をする。想像するだけで、苦しくなった。息が詰まる生活を送るのは間違いない。

それに、彼が暁家に入って結婚したら、美織は一生政治にかかわらなければならなくなる。

黒月の妻として、彼を支えなければならなくなるのだ。

そんな未来は考えられないし、とてもではないが無理である。

美織は暁家と距離を取りたいと思っているのに、一生逃げられなくなってしまう。

そこでふと、これまでの見合いについて思い出して背筋が凍る思いがした。

九回行われた見合いが、どうしていとも簡単に潰せたのか。

——それは、黒月さんが陰で潰していたから……？

その考えに至った瞬間、身体が震えてしまう。

「そうよ……。どうして私、今まで気がつかなかったの？」

あの黒月が、何も言わずに見合いがぶち壊されていく様を見守っているという時点でおかしいと気がつかなければならなかった。

彼は菊之助に心酔している。となれば、彼のもっと身近な存在になりたいと懇願していてもおかしくはない。

暁姓を名乗るのだとしたら、美織と結婚するのが手っ取り早い。菊之助と、より近い存在になれる。親族になれるのだ。

そのために、九人の婚約者候補を陰で蹴散らしていたとしたら……。

美織がしていた妨害なんて、菊之助の手にかかればなかったことにされて縁談を勝手に進めることなどたやすいだろう。

だが、どれもそうならなかった。となれば、美織の反発などかわいいと思えるほど、えげつないやり方で黒月は縁談を潰していた……？

政界のドンと言われる菊之助だ。彼のためならばと、汚れ仕事も黒月は率先してやっているだろう。

彼なら、これぐらいの策略など難なくやってのけるはず。そんな確信めいたものを感じた。

ギュッと自分自身を抱きしめていないと、恐ろしさのあまり息をするのもままならなくなりそうだ。

「馬鹿みたい……私」

見合いを潰せたと喜んでいた自分は、なんてお気楽なのだろう。

今回ばかりはもう無理だ。逃げられない。

そう絶望してしまうほど、黒月勝美という男は容赦なく美織を包囲網へと引きずり込んでくるだろう。

菊之助のためならばと、自身の未来まで差し出す覚悟をしている男。そんな相手に勝てるはずがない。

次から次に零れ落ちていく涙を止められず、肩を震わせて泣き続けた。

3

どれぐらい泣いていただろう。

どうにもならない現実を嘆き、肩を震わせて泣き続ける様は他人にはどう映るだろうか。

いつもなら世間体を考えてこんなふうに公共の場で感情を露《あらわ》になんて絶対にしないのに、今の美織には無理だった。

幸いこの中庭には誰も訪れず、思う存分泣くことができた。

くしゅん、とくしゃみが出て、ブルリと身体が寒さに震えた。

感情のまま泣き続けていたので、すっかり身体が冷たくなっていたことに今まで気がつかなかった。

季節は二月初旬。底冷えするような寒さの中、ろくな防寒着も着ずに着物姿で座っていれば、さすがに身体は冷えるだろう。

現状は何も変わらないし、最悪な未来へのカウントダウンが始まっている状況だが、たっぷり泣いたおかげで少しだけ冷静になれた。

ふぅと息を吐き出していると、肩に何かが掛けられた。

ふんわりと男性らしいコロンの香りに包まれる。

それと同時に身体が温かくなった。体温が残るそれは、男物のコートだった。

驚いて顔を上げると、そこには一人の男性が困ったように眉尻を下げてこちらを見下ろしていた。

そして、目の前にハンカチが差し出される。

「落ち着いたか？」

「え？」

「あまりに悲しそうに泣いていたから……。声をかけられなかった」

「あ、あの……？」

頭の中が真っ白になってしまい、何も言えなくなる。

彼の口ぶりからして、美織が泣いていたのをどこかで見ていたのだろう。その事実を目の当たりにし、羞恥心に苛まれる。

——この人。いつから、見ていたの……!?

顔を真っ赤にさせて狼狽《うろた》えている美織の手に、男性はハンカチを握らせてきた。

なかなかハンカチを受け取らなかったので、じれったくなったのかもしれない。

「ほら、涙を拭いて。落ち着いたのなら、中のラウンジで温かいモノでも飲もう。身体が冷えてしまっているだろう？」

「……」

男性に手渡されたハンカチに視線を落としながら、戸惑ってしまう。

最初こそビックリして何も考えられなかったが、この男性を見たことがある。

顔見知りでもなければ、会話をしたこともない。だけど、彼の顔も声も、そしてプロフィールまでも知っている。

それは、何も美織に限らない。恐らく世の中の人たちは、彼の顔や情報を見ない日はないのではないか。

貸してもらったハンカチで目に溜まっていた涙を押さえたあと、意を決して顔を上げてもう一度確認をする。

間違いない。彼は連日メディアを賑わせている、時の人。その人の名は――。

「神代……総司さん？」

信じられない気持ちが込み上げてきて、思わず小声になってしまう。

聞き取れないほど小さな声だったはず。それにもかかわらず、彼の耳には美織の声が届いていたようだ。

「ああ、そうだ。俺は、神代総司だ」

耳に残る低く甘いバリトンヴォイスは、ドキドキしてしまうほどセクシーである。

政治番組の対談で彼の声を耳にしたときに「素敵な声だなぁ」と思ったが、テレビを通してではなく直接聞くのではまた違った感情を抱く。

声もさることながら、容姿もずば抜けて優れている。魅力的な目、高い鼻梁、シャープなフェイスライン。眉目秀麗という言葉は、彼のためにあるのだろう。誰もが惹きつけられてしまう彼は、民間人から大抜擢されたＤＸ推進担当大臣である、神代氏だ。

そんな人がどうして美織の前に、それもこんな場所にいるのだろうか。

彼を見続けていると、ばつが悪い様子で視線をそらす。

「申し訳ない。先程のやり取りを聞いてしまった」

「あ……」

咄嗟《とっさ》に顔が強ばる。泣いているところだけではなく、その前から総司はこの中庭ですべてを見ていたというのか。

体裁が悪くて視線を泳がせていると、彼は小さく苦笑する。

「先程一緒にいたのは……見合い相手ではなく、暁先生の私設秘書だろう？」

「どうして……？」

いくら彼の祖父が総理大臣だったとしても、彼は実家のＩＴ企業でエンジニアをしていたはず。

政界のドンと呼ばれる菊之助とは、何かの折に顔を合わせている可能性は高いが、黒月はあくまで菊之助の私設秘書だ。基本は事務所勤務である。

そんな彼と総司が知り合いだというのは、疑問を抱いてしまう。

総司を訝しそうに見つめていると、彼は両手を上げて降参のポーズをする。

そして、早々にネタばらしを始めた。

「実は、君を待っていた」

「待っていたって……」

「今日、暁先生の孫娘が、このホテルで見合いをするという情報を聞きつけたからだ」

目を見開いて彼を凝視していると、総司は「失礼」と美織の隣に腰をかけた。

急に近くになった距離に身体が硬直してしまうと、「怖がらないでくれ」と彼は懇願してくる。

「警戒するのも無理はない。いきなり現れて君を待っていたなんて聞いたら、警戒心を煽《あお》るだけだとは思う。だが、今日しか、君に接触できないと踏んで見合いが終わるのを待っていた」

「接触って……」

突然すぎて頭が回らない。慌てふためく美織に、総司はいたずらっ子のような視線を向けてくる。

「とある協力を仰ぎたくて、君のことを調べさせてもらっていた」

「協力って……。それに調べたって……」

危険な香りがする。あまり深入りしない方がいいし、逃げた方がいいかもしれない。

慌てて腰を上げようとしたが、彼に手首を掴まれてしまう。

ハッとして彼を見ると、総司はすぐさま美織の手首を離した。

「悪い。だが、少しだけ話を聞いてくれないか」

「神代さん」

「俺は今、大臣なんて大層な仕事をしている。だから、下手なことはできない。君を危険な目に遭わせないから。安心して欲しい。少しだけ話を聞いてくれないか」

必死な声で言い募ってくる彼を見て、確かに彼の立ち位置を考えれば、下手なことは出来ないはずだと納得する。小さく息を吐き出して再び腰を下ろした。

「お話を伺います」

「ありがとう。感謝する」

総司は美織に向かって頭を下げたあと、「寒くはないか？」と聞いてくる。

「大丈夫です。神代さんがコートを貸してくださったので。でも、貴方は寒くないですか？」

慌ててコートを返そうとすると、彼に止められる。

「君が着ていて。俺はウィンタースポーツをして身体を鍛《きた》えているから大丈夫。俺の着ていたコートで申し訳ないが、我慢してくれ」

「我慢なんて……」

嫌悪感などない。それどころか、彼に包まれているように感じてドキドキする。

頬を赤らめる美織を見たあと、総司は「どこから話せばいいか……」と顎に指を置いて考え込む。

そして、からかうような目でこちらを見つめてきた。

どんな表情をしていても魅力的なんて、狡《ずる》い。目をそらせなくなってしまう。

居心地の悪いものを感じて身じろぐと、彼はクスクスと声に出して笑う。

「暁先生の孫娘は大和撫子のような女性だ、とあちこちで聞いていた。もちろん、君をこうして間近で見て、その噂話は間違っていないと俺も思った。だが……なかなかに跳ねっ返りなお嬢さんなんだな」

「え？」

「実は、君が先程見合いをしている様子を、一部始終聞いていた」

目を大きく見開いていると、彼は肩を震わせながら「隣の部屋にいたものでね」と悪びれることなく言う。

「まぁ、こちらとしても意図的に隣の部屋を押さえてはいたが……。まさか、君の独壇場になるとは思っていなかった。とても興味深いお嬢さんだ」

どう考えても褒められてはいない。

それに、あのやり取りを聞かれてしまっていたのか。顔から火が出そうなほどに恥ずかしくなる。

しかし、時の人である総司が、どうしてそうまでして美織に接触を試みようとしたのか。

疑問だらけで小首を傾《かし》げて彼を見つめると、いたずらっ子のような目を向けてきた。

「もし、今回の見合いがうまくいきそうになっていたら、妨害をしようと企んでいた」

そのために隣の部屋をリザーブし、盗み聞きをしていたのか。

ストーカーなみの行為だと冷たい視線を向けると、彼は肩を竦めた。

「結果としては、君が植田氏に静かに啖呵《たんか》を切ってくれたおかげで俺が出る幕はなかったがな」

「……どうして?」

そこまでして、美織に近づこうとしたのか。

不思議に思っていると、彼は前屈みになり指を組んだ。

「君の爺さん……暁菊之助先生は、躍起になって太いパイプを欲しがっている様子。……そう、孫娘の縁談を餌にしてな」

慌てて辺りを見回して警戒した。

他人に聞かれてはマズイ内容を、これから彼が口にしそうだからだ。

美織の行動を見て、総司は「大丈夫だ」と声をかけてくる。

「この中庭には、現在誰も入れないように取り計らっている。安心していい」

「……」

二人が顔を合わせているのを世間に知られたくないのは、お互い様なのだろう。

ふぅと小さく息を吐き出したあと、総司の横顔に目を向ける。

「お気遣い感謝いたします」

菊之助の孫としての接し方に戻すと、総司は肩を震わせて笑った。

「俺の前で必要以上に暁家のお嬢様を演じる必要はない。君のことは、結構知っているつもりだ」

「そうですか……」

意地悪な男だ。要するに人を使って調べられることは、すべてお見通しだと言いたいのだろう。

それならばと普段通りにしようと思っていると、彼は同情を滲ませた声で言う。

「それにしても……。血の繋がりのある祖父が、君の未来を利用するなんてな。えげつないことをするもんだな」

「……まぁ、そうですよね。もう慣れっこなところはありますけど」

苦笑交じりで言うと、総司は首を横に振る。

「そんなものに慣れる必要はない」

「え?」

「確かに君は暁先生に養育された手前、恩を感じているだろうけど。暁先生は間違っている」

こんなにはっきりと菊之助に対して苦言を呈してくれる人は、今までいなかった。

だからこそ新鮮味を感じてしまう。

困惑しながら、視線を泳がせる。

「そうかもしれないですけど……。政財界では、よくある話だと思います。神代さんは違うのですか？」

神代家は、代々政治家を輩出している名門中の名門だ。

その上、彼の祖父である神代義信は、内閣総理大臣だ。

そんな立派な家の出であれば、孫である総司は跡を継げと言われるはずだ。

現に彼は、政治の世界に担ぎ出されている。それを暗に伝えると、「確かにうるさいぞ」と小さく笑う。

「昔から政界に関心を持て。祖父の跡を継げ。そんなふうに、周りは勝手なことばかり言っているしな」

「そうですよね……」

「ああ。政界に進出しないのならば、実家の神代ITソリューションを盤石なものにしろ。そのためには、それ相当の家柄のお嬢様を娶《めと》れ、なんてのも言われている」

彼も美織と似たような境遇らしい。なんとなく親近感を覚えていると、彼は真摯な表情になって言い切った。

「でも、そんな話には耳を貸したくない。俺の人生だ。周りの人間に決められたくはないからな。だから、俺は周りのヤツらの言いなりにはならないと決めている」

きっぱりと言う彼は、とても男らしかった。

同時に羨ましくも感じる。美織もなんとか運命に逆らおうと足掻いていた。

しかし、今回ばかりはもう無理だと諦めの境地にいる。

美織には、目の前の総司は眩しくて仕方がない。

彼がこちらをジッと熱い目で見てくる。その瞳の奥に、慈愛溢れるものを感じた。

どうしてそんな目で見るのだろう。不思議な気持ちを抱いていたときだ。

「え？」

ドキッと胸が大きく高鳴ってしまう。彼が、その大きな手のひらで頭を撫でてきたからだ。

頭から伝わってくる彼のぬくもりが温かくて、優しくて。なんだか涙が出てきそうになる。

先程まであれだけ涙を流していたのに……。再び泣きたくなってしまうなんて。

鼻の奥がツンと痛くなる。

「君は優しいからな。暁先生が理不尽なことを言ってきても、情を捨て切れないでいたんだろう？」

「神代さん」

私の気持ちなんて知らないくせに。そんなふうに思ったあと、そう言えば彼は美織のことを調べたと言っていた。

だからこそ、今までの菊之助の行いについても耳にしているのだろう。

「俺の周りは、暁先生のようにそこまで強引ではない。そこだけは救われていると思っている」

「神代さん」

「それなのに、君は一人でずっと頑張っていたんだな」

美織の頭に触れていた彼の手が、今度は背中を撫でてくれる。

目に滲んでいた涙は堰を切ったようにあふれて止まらなくなってしまった。

「ぅ……っ……ぅぅ」

手にしていたハンカチをキュッと握りしめていると、ふわりと鼻腔を擽るのはコートに残っていたコロンと同じ香り。

大人の男性だと意識させられる香りとともに、彼は美織を優しく抱きしめてきた。

「か、神代さん……！」

さすがにこれはマズイだろう。

もし、マスコミなどに見つかったら、とんでもない事態になってしまうはずだ。

抵抗したのだが、総司はより力強く抱きしめてくる。

「いいから、慰められておけよ。ここには、俺と君しかいないんだから」

「でも……っ」

「今まで誰にも弱みを見せられなかったんだろう？」

「神代さん……」

「思う存分泣けばいい。いくらでも胸を貸してやるから」

優しい声を聞いて、嗚咽が止まらなくなった。

初めて会ったはずの男性なのに、どうしてこうまで心を許してしまっているのだろう。

自分の気持ちが信じられないけれど、それでも今は彼のぬくもりに包まれていたいと思ってしまう。

彼に縋って泣いていると、総司は優しく宥めてくる。

「暁先生に支配され続けていても腐ることなく、君は戦い続けていたんだな。偉いな」

「神代……さ、ん」

「頑張っていたんだな、美織さんは」

幼い子を慰めるように言われて、恥ずかしくなって顔が熱くなる。

真っ赤になっているであろう顔を隠したくて彼の胸に埋めると、総司は「俺はそんな君が嫌いじゃない」と美織に囁いてきた。

「え？」

面食らって顔を上げると、彼はもう一度噛みしめるように言う。

「運命に逆らって自分で未来を切り拓いていこうとする人は、嫌いじゃない」

「っ」

息を呑んでしまい、言葉を発するのを忘れた。

総司がとても魅力的な表情で褒めてきたせいだ。

心臓がドクドクと大きく音を鳴らし、自分が現在平常な心ではないことを知らせてくる。

メディアが彼を取り上げては、魅力がある男性だと褒めちぎっている理由を垣間見た気がした。

何も言えずじまいの美織をキュッと抱きしめたあと、彼はゆっくりとその腕の力を緩める。

腕の中から解放されて、なんだか名残惜しいと思ってしまったのは気のせいだ。そうに違いない。

自分が抱いた感情に戸惑っていると、彼は小声で呟《つぶや》く。

「君を助けてあげようか？」

「え？」

「このことを伝えたくて、今日君に会おうとしたんだ」

「神代さん？」

「俺と手を組まないか？」

真摯にこちらを見つめてくる総司を見て、何度も目を瞬かせる。

一体、彼は何をしたいのだろうか。

美織の困惑めいた気持ちを把握したように、彼はより強い口調で言い募ってくる。

「俺と一緒に政略結婚と契約結婚、どちらもしてしまえばいい」

「え？」

まさかそんなことを言われるとは思っておらず、声を上げてしまう。

慌てて口を押さえると、「大丈夫、誰もいないから」と総司はクスクスと笑い出す。

誰かに聞かれる心配はなくとも、内容が内容だ。驚かずにはいられない。

挙動不審になっている美織を見て苦笑したあと、総司は美織に近づいた理由を話してくれる。

「君の爺さん……暁先生が確固たる地位をより強固にするために、孫娘を使って太いパイプを探している。それは間違いないな？」

その通りなので頷くと、彼は苦笑いを浮かべる。

「君も知っての通り、俺は民間人から抜擢されてＤＸ推進担当大臣になった。だが、なかなか苦戦している。政策を推進していきたいのは山々なんだが、それに対しての反発勢力が強い」

「……当たりは強いかもしれないですね」

総理大臣の孫とはいえ、ポッと出の若造が庁のトップに立つ。それを面白く思っていない政治関係者はたくさんいるだろう。

足の引っ張り合いばかりなのは、なんとなく想像ができる。

十年前から政府はＤＸに取り組んでいるのだが、何度も頓挫してしまっていた。

起爆剤として若手を起用し、なんとかこの暗雲立ちこめる状況を打開しようという政府の考えが透けて見える。

今回、総司がうまく機能しなかった場合、現内閣への風当たりも一層強くなるだろう。

それを狙っている政治家は、きっといるはずだ。

総司の苦労を理解して同情していると、こちらを見て困ったように頬を綻ばせた。

「そこで、暁先生のお力をお貸しいただきたいということだ」

「なるほど……」

要するに、政策を進めるためにも、最大派閥のトップである菊之助と手を結びたいのだ。

菊之助がバックにいるとわかれば、総司をたやすく邪険にはできなくなる。

政策を推進していくには、必要な力だろう。

「俺としては、さっさと大臣を辞めて神代ITソリューションに戻りたい。今回大臣に就任したのは、うちの爺さんに泣きつかれたからだ。政策がうまくいったら、金輪際、政治の世界に踏み込むつもりはないし、俺が入り浸る世界ではないと思っている。そこで、お互いメリットを追求できる相手を探していた」

「それが、私ということですね？」

ご名答、と総司は朗らかにほほ笑む。

美織と総司が婚姻関係で結ばれれば、双方にメリットはある。

美織は、黒月との結婚が白紙になるし、菊之助にとっても太いパイプができる。

なんといっても総司は総理大臣の孫であり、国内最大手であるＩＴ企業の御曹司だ。

菊之助にとって、これほどの好条件はないだろう。

そして、総司にとってはバックに菊之助を得ることができる。

そうすれば、ＤＸを阻んでいる反対勢力を鎮圧できるだろう。

「お互いのメリットを追求するための契約結婚であり、政略結婚だ。本当の夫婦にならなくていい。それに、期間限定だ」

「え？　期間限定？」

「そうだ。好きでもない男と、ずっと一緒にいる必要はない。俺がＤＸの基盤を作る間だけ、君が妻になってくれればいいんだ。そのあとは、神代の名に誓い、君を解放する。もちろん、暁先生に邪魔されないようにして――」

一呼吸置き、彼は真摯に美織を射貫くような目で見つめてくる。

「君を自由にしてあげよう」

とても魅力的な話だ。

さすがに出戻りともなれば、そう易々と菊之助に再婚を促されないはずだ。

その上、神代家が匿《かくま》ってくれるのなら心強い。

総司と別れたあとは、自分らしく生きていけるなんて……。

自由に生きることを半ば諦めていた美織にしてみたら、これほど飛びつきたくなる話はないように思える。

ギュッと手を握りしめたあと、意を決して口を開く。

「その話、乗ります！」

総司を信じようと覚悟を決める。

彼の目を見る限り嘘はついていないように思う。彼も必死なのだから、美織を裏切らないはず。

きっぱりと言い切る美織を見て、総司は一瞬目を見開いた。だが、すぐに破顔する。

そんな彼の表情が素敵で、ドキッとしてしまう。

困惑気味の美織には気がついていないのか、総司は真剣な面持ちで手を差し出してくる。

「ありがとう。これで、俺たちは契約者だ。君を守ると誓う」

これは契約結婚だ。それなのに、彼の言葉に胸がときめいてしまった。

愛の言葉を囁かれたように感じてしまい、挙動不審になってしまう。

小さく息を吐き出して緊張をほぐしたあと、差し出された手を握りしめて美織は大きく頷く。

「よろしくお願いします」

「ああ、こちらこそ」

固い握手を交わし、お互いのメリットを追求するための契約をした。

4

——まさか、こんなに早く見合いの席が整うなんて思ってもみなかったわ。

鹿威《しかおど》しの音が響く、静かな高級料亭の離れの一角。

そこには、日本を代表する面々——美織以外、という注釈がつく——が顔を突き合わせていた。

美織にとっては十回目の見合いの席であり、両家にとって大本命と位置づけされている縁談だ。

神代内閣総理大臣と、同党であり〝政界のドン〟と言われる最大派閥の暁派のトップ。

そして、DX推進担当大臣がプライベートで集まるなんて、今までになかったことだろう。

とにかくこの料亭の一室は、異様な空気に包まれている。

菊之助の孫娘という肩書きはあるが、それがなくなれば一介のOLである以外何も特筆するもののない美織が肩身の狭い思いをするのも仕方がないだろう。

表面上は皆が朗らかだ。だが、どこか一触即発な空気が立ちこめていると感じているのは、美織だけだろうか。

今日の美織の仕事は、三人に向かってほほ笑んで、時折相づちを打つ。ただ、それだけに徹するつもりだ。

恐ろしく居心地の悪い見合いから早く解放されたい。そんな気持ちを、ひたすら隠しながら内心でため息をついた。

安堵しているのは、いつもは美織の縁談についてきている黒月がいないことだ。

菊之助が同席している時点で黒月は必要ないのだが、それでも彼がこの席にいないことにホッとする。

彼がいたら、何かしら妨害されてしまうかもしれないと危惧していたからだ。

不安材料は少ない方がいい。だが、まだまだ不安はあるし、何より緊張する時間はこれからだ。

気を引きしめなくては、と唇を横に引き結んで覚悟を新たにした。

寒椿が咲き乱れるホテルの中庭で、共同戦線を約束したあとの総司の行動は早かった。

総司に連れられてきた先は、ホテルレストランの一室。

彼は美織と話し合うために、前もって個室を用意していたようだ。

彼曰く「ここでホテルの一室に君を連れ込んだら、それこそマスコミの餌食になってしまう」と苦笑していた。

レストランの個室でなら、後ろめたいことはないと暗に伝えられる。

そう言った彼の話を聞き、危機管理能力に優れていて手慣れているなぁと感じた。

それぐらいでなければ、セキュリティソフトを開発したり、政府に懇願されたからといってDX推進担当大臣になんてなれないのだろうけれど。

温かい紅茶をいただきながら、二人で今後について話し合いを進めた。

あらかた話し合いが済み、彼は穏やかな笑みを浮かべて宣言をしたのである。

「じゃあ、近々美織さんとの見合いをセッティングする。そのあとは、打ち合わせ通りで」

サラリとなんでもない様子で言った総司だが、すぐに見合いができるとはこのときは思わなかった。

急ぐことができたとしても、ひと月ぐらいは時間を要するはず。心の準備も整うだろう。

そんなふうに思っていたのに、まさか一週間で菊之助に縁談を了承させるなんてビックリしてしまった。

神代家との見合いが決定したと菊之助から聞き、慌てて総司に連絡を取り付けたのだが、彼は『なんてことはない』と鼻で笑ったのだ。

『暁先生は、なかなかにせっかちだ。孫娘に九回も見合いを潰され、次こそはと思っていたはず。だからこそ、最後に自分のお気に入りである秘書を宛がう予定だったんだ。だけど、彼より遥かにいい人材から声がかかったんだ。飛びつくのは当然だろう』

クスクスと笑いながら、自信ありげに言った。

確かにその通りで、菊之助は早々に美織を誰かと結婚させたがっていたのは事実だ。

彼の政治家人生も先が見えてきたからだろうか。ここ数年は特に焦っていたように思う。

とはいえ、美織の縁談相手は菊之助にとってメリットがある人物でなければならない。

最初こそ私設秘書としてかわいがっている黒月を暁家に引き込んで跡継ぎにさせようと考えていたのだろう。

だが、それより遥かに旨みがある総司が声をかけてきた。

うまくいけば、自分の後釜に総司を据えられるかもしれない、と菊之助が考えた可能性は大いにある。

菊之助の野心が滲み出る結果となり、総司の思うつぼになったということだ。

しかし、薄ら寒い思いもしている。

ほとんど確定していた縁談を反故にされた黒月は、どうしているのか。

聞くのも怖いが逆恨みされても堪らないから近づかない方がいい。そう思ってあえて距離を置いている。

黒月の件は、何も美織だけの問題ではない。総司も恨みの対象になり得るだろう。

それを心配して総司に忠告したが『大丈夫だ。そのあたりは、きちんと気をつけておくから』と言っていた。

彼が「大丈夫」と言うのなら、大丈夫なのだろう。そんなふうに、すんなりと彼の実力を認めている自分にビックリした。

彼とは植田氏との見合いのあとに、小一時間ほど話しただけ。

それなのに、美織がここまで総司を買っているのは、滲み出る彼の人柄やオーラを感じ取っているからかもしれない。

ほぼ初対面に近いはずなのに、なぜか神代総司という人間を信頼してしまっている。

でも、裏切られたら深く心が傷ついてしまうかもと懸念は絶えないのも事実だ。

目の前に座るスリーピーススーツ姿の総司に視線を向ける。

美織が不安そうにしていたからだろう。彼は、目元を緩ませてほほ笑んできた。

大丈夫、そんな彼の低くて甘い声が聞こえてきそう。ドキッと胸が高鳴ってしまい、慌てて視線をそらす。

二人の様子を見て、総司の祖父である義信が目尻を下げる。

「暁さんのお孫さん、美織さんの評判はよく耳にしていましたが……。なるほど、とても可憐な女性ですなぁ。今時の女性にはない慎ましさが感じられる」

「とんでもないです。……恐れ入ります」

横顔には、菊之助の視線が突き刺さっている。

暁家の人間として、恥じない態度を示せ。

声には出さないが、視線が物語っている。

昔から菊之助が苦手だ。無言の圧力に、どれほど恐れを抱いていたことか。

大人になった今も、彼に対しての恐怖心は変わらない。

だからこそ、彼から早く離れたいと思ってしまう。

契約結婚であり、政略結婚である総司との縁は、少しだけでも菊之助との距離を離してくれる。

それだけでも、この結婚にメリットがあると思えた。

義信は朗らかな人で、美織と総司を交互に見ては嬉しそうに頬を緩ませている。

「なかなかお似合いな二人じゃないですか？　暁さん」

「そうですな。ありがたい縁をもらって、美織とも喜んでいたんですよ」

嘘ばっかり。思わず口に出てしまいそうな暴言を、慌てて押し込める。

美織のちょっとした表情の変化で、考えていることがわかったのだろう。

総司は視線を少しだけそらして、口角を上げている。

恥ずかしくなって頬が自《おの》ずと赤くなると、それをめざとく義信に見つけられてしまった。

「おや、美織さん。頬が赤くなって、ますますかわいらしいね。なぁ、総司。お前にはもったいないぐらいのお嬢さんだろう？」

義信は、隣にいる総司に声をかける。すると、彼は控えめな笑みを頬に浮かべた。

「ええ。かわいらしい女性ですね。相手が私でいいのかと、今日この席に来るまでドッキリなのではないかと思ったほどです」

すると、すぐさま菊之助が威圧的な態度で話に入ってくる。

「何を言っているんだ、総司くん。君はかなり女性人気が高い。美織程度の女など見飽きているのではないか?」

「そんなことはありません、暁先生。実際の私生活は、なかなかに侘《わび》しいものですよ」

「ほう」

菊之助は、総司を穿《うが》った目で見つめる。その鋭い視線をモノともせず、彼は苦笑した。

「大臣として今でこそ人前にいますが、エンジニア時代は人よりパソコンと対面している時間が長かった。女性と艶のある話ができる環境ではありませんので」

本当かな、と美織が訝しげにしていると、菊之助は総司に釘を刺す。

「それならいいのだが。こちらとしてもかわいい孫娘が泣くようなことになれば、居ても立ってもいられなくなってしまうからな」

よく言う、と冷笑を浮かべてしまう。

孫娘として彼にかわいがられた覚えなど、一度もない。

自身の地位を上げるための駒としては大切に思っているの間違いだろう。

美織の目が笑っていないのが、総司にもわかったのか。視線で「落ち着け」と諭してくる。

ここで怒りをぶちまけてしまっては、うまくいくものもいかなくなってしまう。

この縁談は、何がなんでもうまくいかせなくてはいけない。

それは、美織と総司。二人の共通の願いであり、思いだ。

美織の感情を隠すように、総司は菊之助に向かってにっこりとほほ笑む。

「心配には及びません。縁あってこうして出会ったのですから、大切にさせていただきます」

「それならいいのだが……。万が一、結婚したあとに君が不祥事を起こした場合、美織は魅力がない女と世間に知らしめることになる。それだけは十分に気をつけていただきたい」

一見、かわいい孫娘を傷つけないでくれという牽制に見える。

だが、要するに「暁菊之助の孫娘は、魅力がない。だからこそ、夫が余所《よそ》の女に走るのだ」そんなふうに後ろ指を指されるのは堪らない。そう言いたいのだろう。

どこまでも、暁の家のことしか考えていない。悲しさを感じる前に、呆れ返ってしまう。

菊之助が鋭い視線を総司に向けているのを見て、義信が止めに入ってくる。

「暁さん、買い被りすぎですぞ？　うちの総司は、まあまあ見た目はよくて、今でこそ騒がれていますが……。本当に女性の影がなくてね。これの両親などは頭を抱えていたほどですよ」

「本当ですかな？」

「恥ずかしながら、事実ですよ。ずっとパソコンの前に座り込んでいるヤツなので。そんな男が結婚を決意した。そのことが嬉しくもあり、ホッとしているのですよ。暁先生」

トンと胸を叩いて自信ありげに言ったあと、義信は茶目っ気たっぷりの声で美織に向かって話しかけてくる。

「でも、男としてそれもどうかと思いますがね、美織さん。女性の扱いは下手くそなので、愛想を尽かさないでくれるとありがたいな」

パチッとウィンクをする義信は、人好きがするような笑みを浮かべた。

彼が国民に人気があるのも頷ける。人の懐に入ってくるのが、とても上手だ。

隣に座る菊之助に、視線を向けてみる。

表面上では笑みを絶やしていないが、目が笑っていない。

軽く調子のいいタイプの人間を嫌うのは、昔からだ。

きっと本心としては、義信を毛嫌いしているだろう。

だが、ここは目を瞑る気でいるようだ。それだけ、この縁談にかけているのだろう。

「さて、今後について話しましょう」

そう言うと、暁と神代両名の秘書が部屋に入ってきた。

結局は出来レースだ。すでに話は決まっていて、体裁だけ整えるために見合いをしただけ。

ここまで来れば、あとは家同士の面子やら都合などを摺り合わせていくのみ。

二人は晴れて婚約者同士となったということだろう。

チラリと総司に視線を向けると、彼も目で合図を送ってくる。

うまくいったな。そんな彼からの視線を感じて、小さく頷く。

当人たちそっちのけで、ありとあらゆる今後のスケジュールが決定していく。

手際のよさには目をむいたが、すでに式場や会場も押さえてあるとはお見それした。

その辺りについては、お互いの秘書同士が顔を合わせて話を詰めてあったらしい。

——本当に、体裁だけ整えた見合いの席なのね。

苦笑いを浮かべてされるがままになっていた二人だったが、まさかものの二ヵ月で式を挙げることになるとは思いもせず……。

総司とはその後ほとんど顔を合わせないまま滞りなく準備は整えられて、結婚式当日を迎えたのだ。


ゴールデンウィーク明けの土曜日、大安吉日。

新緑が目にしみるほど眩しく、すがすがしい風が吹き抜ける、そんな季節。

格式あるクラシカルなホテルの大広間にて、神代家と暁家の結婚披露宴が行われている。

総司と初めて顔を合わせたのは、寒椿が咲く二月上旬。

それまで会ったこともなかった二人だったのだが、周りの素早い行動と思惑により、二ヵ月と少しという短い期間で結婚式を挙げることになってしまったのである。

文金高島田姿の美織と紋付き袴姿の総司は、金屏風の前でにこやかにほほ笑む。

ひな壇から見える景色は、なかなかにすごい。そうそうたる顔ぶれである。

政財界のあらゆるところに縁がある二つの家だ。招待客も多数になる。

大きな広間には、美織とは面識がない有名人がところ狭しとひしめいているのが見えて、なんだか他人ごとのように感じてしまう。

あの出来レースな見合い終了後、二人の結婚話は瞬く間に広がっていった。

この結婚に関しては、連日マスメディアに取り上げられている。

神代大臣の結婚相手は都内のＯＬであり、暁菊之助議員の孫娘。

そんなふうに美織のこともマスコミは取り上げているが、美織の顔写真などは規制がかかっている。

しかし、こんな状況になった以上、このまま仕事を続けられない。

会社で結婚したと伝えれば、どうしたって総司の妻になったとバレてしまう。

そうなったとき、色々と面倒事が起きるだろうことは目に見えていた。

なので、年度末に仕事は辞めてしまっている。

本当は続けたかったが、結婚相手が総司でなかったとしても仕事はできなかっただろう。

息を盛大に吐き出したくなったが、自身に降り注《そそ》ぐ視線の数々に気がつく。

気持ちがどこかに置き去りになっていたとはいえ、さすがに結婚披露宴最中にため息をつくわけにはいかないだろう。

慌ててそれを堪えて、隣に座る総司に視線をさりげなく向ける。

外務大臣が、総司にお酌《しゃく》をしていた。好感度高めの笑みを浮かべて、快くその酌を受けている。

彼の横顔を見つめ、美織の心は警戒心が湧き上がっていく。

契約結婚を持ちかけられたとき、彼に対して安心感というか、信頼感を抱いていた。

だが、それを鵜呑《うの》みにしていいのかという思いが、ここ数ヵ月で生まれてきたのだ。

神代総司、彼はやはり曲者だ。

美織には物腰柔らかい口調で接してきているが、鋭く厳しい表情を浮かべるときがある。

それぐらいの人でなければ、民間起用での大臣になんてなれないだろう。

だからこそ、彼にうまく利用されないようにしなければならない。

絆《ほだ》されたら最後。そんな気持ちで彼とは対峙した方が身のためだ。

気を許しすぎては身の破滅に繋がるかもしれない。

こうして契約結婚と政略結婚をしたわけだが、当初の約束を総司は守ってくれるだろうか。

美織の周りの大人は建前だけで、約束を破る人が多い。

苦汁を飲む機会が多く、かなり幼い頃から少々人間不信なところがある。

深く人を信じられなくなったのは、暁家に身を置いていたせいだろう。

菊之助を筆頭に、弱みなどを見せたら最後だと思っている。

皆が皆、野心や思惑を抱いているというのは偏見だろうか。だけど、残念ながら美織の周りではそんな人間が多かった。

本心では何を思っているのか、わからない。気を許して身を滅ぼされたら堪らないだろう。

神代総司に手を差し伸べられたわけだが、根っこの部分はまだ見えてこない状況だ。

だからこそ、すべてを彼に委ねてしまうのは危険が伴う。

油断大敵だ。気を引きしめていかなければならない。しっかりと肝《きも》に銘じておかなければ。

ふと、総司と目が合う。美織が彼を見つめていたのがバレてしまったようだ。

総司がこちらを向いて、ほほ笑んできた。

その笑みが素敵すぎて、胸が高鳴ってしまう。

――総司さんって、無駄にイケメンだから困る……っ！

慌てて視線をそらすと、それを見ていた司会者が声高らかに煽ってくる。

『美織さん、総司さんの笑顔に胸をときめかされているようですね。ほほ笑ましいお二人で、幸せのお裾分けをいただいた気分に皆様もなられたのではないでしょうか？』

そんなことを一々言わないで欲しい。恥ずかしくて堪らなくなる。

彼から顔を背けていると、総司はこちらに身体を近づけてきた。

「皆さんにもっと幸せのお裾分け、するか？」

「……勘弁してくださいっ！」

ますます顔を真っ赤にさせると、彼はフフッと意地悪く笑う。

こういう点が、彼に気を許してはいけないんじゃないかと思うところなのだ。

ムッと顔を歪めたくなったが、今は幸せいっぱいな二人を演じなければならない。

世間には、素敵な結婚をした二人という印象を植え付ける必要がある。

そのことは、総司に前もって言われていた。任務は遂行しなければならない。

政略結婚だとは世間から見られたとしても、契約結婚だと見破られるわけにはいかないのだ。

前を向いたまま、小声で総司に提案してみる。

「……手でも繋ぎますか？」

「それだけじゃ、ラブラブ新婚カップルとしては弱いだろう？　どうせなら——」

何をするつもりですか。そう問いかけるより早く彼は近づいてきて、そして――。

おぉ！　という歓声とともに、司会者が嬉しそうに声を上げた。

『まぁ、新郎の総司さんは片時も美織さんを離したくないのですね。熱烈なキスとともにお二人の固い絆が見えました！』

唇には、まだ熱と柔らかい感触が残っている。

――わ、私の……ファーストキスっ！

唖然として彼を見つめると、キュッと抱きしめられ耳元で囁いてきた。

「これぐらいしないとな」

「っ！」

「これでラブラブ新婚カップルだ。政略結婚じゃなくて、恋愛結婚だったとメディアが騒いでくれるはずだぞ」

「ちょ、ちょっと待って――」

反論を言わせないためか。彼は再びキスを仕掛けてきた。

ペロリと唇を舌で舐められて、身体は硬直してしまう。

だが、くやしいことにイヤではない。むしろその唇の柔らかさをもう少し堪能したいなどという思いが脳裏に過《よぎ》って慌ててしまう。

横をチラリと見ると、彼は蕩《とろ》けたような甘すぎる顔で美織を見つめていた。

それを見て、身体中が火照《ほて》って仕方がなくなる。

菊之助の監視が凄まじく、男性と付き合うなど今までできなかった。

そんな美織なのだから、キスだって経験はない。

まさか、こんなにたくさんの人がいる前でファーストキスを奪われるなんて思ってもいなかった。

呆然としている美織の頬にチュッと音を立ててキスをしたあと、彼は自分の席へと腰を下ろす。

咄嗟に彼に視線を向けたのだが、涼しげな顔をしていて悪びれていない。

それどころか、口元に意味深な微笑を浮かべているではないか。

——やっぱり、神代総司は要注意人物だ！

契約をしたとき、夫婦らしいことはしなくていいと言っていたはず。

それなのに、どうしてキスなんてする必要があったのか。

これでは契約違反だ。式が終わったら、絶対に抗議してやる。

怒り心頭の美織はそんな決意をしていたため、総司がどこか嬉しそうに美織を見つめていることには気づかず。

ただ、これからの生活に少々の不安を覚えたのだった。

5

——順調すぎて、なんだか怖いぐらいだなぁ。

神代の籍に入ってから、早ひと月が経過。

六月も半ばになり、雨がシトシトと降る日が多くなっていた。

今日も朝から雨が降り続いていて、窓ガラスを濡らしている。

雨で滲む世界を見つめ、自分が置かれている環境を改めて思う。


ここは、都内にある高層マンションの一室。総司がキャッシュで買った、二人の新居である。

セキュリティ重視で選んだこのマンションには、数々の著名人が住んでいるともっぱらの噂だ。

総司はDX推進担当大臣をしている関係でマスコミなどにも警戒しなければならず、いつ危険に晒されるかわからない立場の人間だ。

プライベートで落ち着いた生活をしたいのならば、これぐらいハイソで色々な意味で厳重な警備が整っているマンションに住む必要があるのかもしれないけれど……。

「それにしても……立派すぎて、未だにドキドキしちゃうなぁ」

一人きりのリビングで、美織の声が響く。

グルリと部屋中を見回して、ため息を漏らす。やっぱり、贅沢すぎて気後れしてしまう。

DXの基盤が出来上がったら、この契約結婚は終わり。そんな約束で始まった結婚だ。

いつ終わりが来るのかわからない関係なのに、こんなに高価なマンションを購入する必要があったのだろうか。

彼に疑問を訴えたのだが、「必要がなくなれば売ってしまえばいい」と軽く言われてしまった。お金持ちが考えることは、やはりわからない。

一応、美織も世間ではお嬢様の部類に入るのだろう。

暁家も日本家屋ではあるのだが、広い敷地に立派な家屋が建てられている。高級旅館のような佇まいだ。

習い事などもかなりたくさんさせてもらえたし、進学にも何も口出しされず好きな道に進ませてもらえたのはありがたかった。

それなりの学校を卒業し、暁家の名前を貶《おと》しめるようなことさえしなければよい。

それが菊之助の考えだったからだ。

暁家にいる間は、確かに生活水準は高かった方だろう。

だけど、美織自身は〝質素倹約〟を心がけていたため、社会人になってからは小さなマンションで一人暮らしをしていた。

もちろんOLとして働いた給料に見合った生活をし、少ないながらも貯金をしていた堅実派である。

給料日に買うコンビニスイーツをご褒美だと喜んでいた、つい先日までの自分。

しかし、今はセレブリティな生活を送っているのだから、人生はどこでどう転ぶかわからない。

菊之助にセッティングされて何度も見合いをさせられたが、相手は誰もが名家の出だ。

その中の誰かと結婚した場合、今と同じような環境で暮らすことになったのだろう。

人によっては、実家住まいで同居という可能性も高かった。

そう考えれば、今の暮らしはさほど悪いものではない。

住んでいる場所こそ高級感溢れるマンションではあるけれど、生活水準は至って平均的な家庭と同じぐらいで美織の感覚と合っていると思う。

時計を確認すると、ちょうど午後三時にさしかかるところだった。

ダイニングキッチンへと移動し、戸棚からココアパウダーの小缶を取り出す。

小鍋にココアパウダーを入れ、そこに少しだけ水を加えて火にかける。

木べらで絶えずかき混ぜながらココアをペースト状に練り上げたあと、牛乳を注ぎ入れた。

牛乳がフツフツと沸き上がってきたら、火を止める。そして小型ハンドミキサーで泡立ててマグカップに注げば完成だ。

この一手間が、カフェのココアに近づけるコツである。今日も上手に出来上がった。

そのカップを持って再びリビングへ戻り、大きなソファーに腰を下ろしてホットココアに口をつけた。

「美味しい」

ジメジメした日々が続いて、今日はなんだか肌寒い。

だからこそ、ホットココアを作って温まろうと思ったのだが正解だったようだ。

甘くて温かいココアをもう一口飲んだあと、カップをテーブルに置く。

「本当、なんの文句もつけられないほど、平和なんだよねぇ」

総司と結婚してすぐ、このマンションに越してきたのだが、同居にあたり個々の生活を大事にしようと取り決めた。

結婚までに彼と顔を合わせたのは、片方の手で足りるほど。

それも、結婚式関連でどうしても二人一緒に会場に出向かなければならない場合だけだった。

そのときだって、決して二人きりというわけではない。二人の結婚式を担当してくれたホテルスタッフも同席している。

そんな中で、込み入った話などできない。それに、仲良しこよしを演じなければならないのだから、一時だって気が抜けなかった。

よそよそしい雰囲気を醸し出していたら、何を言われるかわかったものではない。常にマスコミの目があり、隙を見せれば翌日のワイドショーに扱われる。

結婚前に二人だけで会わなかったのは、マスコミにリークされるのが煩わしかったこと、そして総司が忙しかったというのも理由の一つではある。

だが、最大の理由としては、お互いを知る必要はないと判断したからだ。

契約結婚ないし政略結婚をする二人である。相手を深く理解する必要は皆無と言える。

そんな事情もあり、二人はお互いの性格や考え方、プライベートなど何も知らない状態で結婚式に臨むことになった。

でも、それは結婚前だから言えていただけ。

こうして一緒に暮らしていく上では、ある程度の人物像がわからなくてはうまくいかない。

そこで同居にあたり色々と取り決めを行ったのだが、基本として掲げているのは〝個々の生活を大事にしよう〟ということだ。

世間の目があるから貞操を守るのは厳命されているが、それ以外は好きにしていいと決めた。

とはいえ、ほとんど顔を合わせていない、話したことがない男女が一つ屋根の下で生活していくのである。

何かしらストレスを抱えるのではないだろうか。最初こそ、そんなふうに不安視していた。

だが、同居してひと月が経った現在、ストレスフリーな生活ができている。

向こうがどう思っているのかはわからないが、美織から見る総司は異性の同居人としては合格だ。

総司は忙しい身の上であるのに、自分のことは自分でするし、美織が嫌がるような行為はしない。

洗濯機は自分で回すか、マンションの住人が使えるランドリーサービスを利用。掃除だって自分の部屋は掃除機をきちんとかけている様子だ。

共同部分のトイレやお風呂なども、彼は気がつけばやってくれる。

「総司さんは忙しいんだから、そういうのは私がやりますよ？」と一度申し出たが、彼は不思議そうだった。

別に無理をしてやっているという感覚はないのだと言う。

元々実家から離れて一人暮らしが長く、なんでも一人で生活全般をこなしていたようだ。

「気がついたときにやっているだけ。それでも、美織の方が色々とやってくれているだろう？　とても助かっている。ありがとう」

と労《ねぎら》ってくれたのだ。

まさかそんなふうに感謝されるなんて思っていなかったので、ビックリしたのは記憶に新しい。

その上、「でも、忙しいときには絶対に無理になってくる。寝るためだけに帰るなんてこともあるはずだから、そのときは甘えさせてもらうかもしれない。大目に見てもらえると助かる」と言われたのだ。

美織は会社を退職してしまったので、時間を持て余しているのも事実。だからこそ手助けはできると訴えた。

そんな美織に対し「何かお礼をするから」などと言われてしまう。

お礼なんていらないと丁重に断ったのだが、美織を見て彼は不思議そうにしていた。

彼は、この感覚が当たり前なのだろうと察したのだが……。

なかなかに総司はスパダリの要素があるのではないか、と彼のモテっぷりにも納得がいく。

契約結婚が決まって、従兄に頼んで神代総司について早急に調べてもらった。

彼について何も知らないのに、契約結婚を受けてしまったことに危機感を覚えたからだ。

それを従兄に話したら呆れ返られてしまった。

『美織、お前は暁家の人間だ。もう少し人間関係には警戒した方がいいんじゃないか？』

そう注意されて、ぐうの音も出なかった。

お小言をかなり言われてしまったが、美織をかわいがってくれている従兄だ。すぐに総司のことを調べてくれた。

一つ気になったのは、彼の女性関係についてだ。

総司は、女性に対してドライなようで、去る者追わずを徹底している様子である。

基本、長く付き合うつもりはないらしい。

一見女の敵と言えるような総司だが、ここ数年の彼に女性の影はなかったようだ。

仕事が忙しくて恋人を作る暇はない、と周りに言っているという。

元々恋愛に積極的なタイプではないらしい。

女性に冷たいという総司だが、今のところ美織に対してそんな片鱗は見せてはいない。

それどころか、かなり気を遣ってもらっていると思う。

〝個々の生活を大切に〟と言っても、総司は適度な距離感で接してきてくれる。

そこは女性としてではなく、契約者としてお互い対等の立場として美織を見てくれているのだろう。

しかし、同居人という立場の美織に対しても、彼は魅力を振りまく。だけど、絶対に自分のパーソナルスペースには入れない。

そういうところは、徹底しているように思える。

ドライな考えにホッと安堵する一方、なぜか胸の奥がモヤモヤしてしまうのはどうしてなのだろうか。

とはいえ、総司は忙しいながらも同居人の美織に対して優しい。

時間が合えば一緒にご飯を食べてくれるし、宅飲みをしながら映画鑑賞をすることもあった。

この前なんて総司と一緒に宅飲みをしたまま眠りこけてしまったのだが――。

「こんなところで眠ると風邪を引くし、身体が痛くて堪らなくなるぞ」

「ん……」

すでに夢の中に入ってしまっている美織が生返事をすると、彼は「仕方がないな」と言いながら抱き上げベッドに運んでくれたのである。

もちろん朝起きてあまりの羞恥に耐え切れなくなったのは言うまでもない。

未だにそのことを思い出すと、顔から火が出そうだ。

こんな調子ではあるが、彼との生活は居心地よく感じると思うまでになっていた。

それなのに――。

「何をこれ以上望むのよ、私ったら……」

総司が助け出してくれたおかげで、今こうして美織は平和な日々を過ごせている。

もし、あの日。総司が美織を契約結婚の相手にと申し出てくれなかったら、黒月との結婚を強いられて一生暁家から逃れられなかったはずだ。

ずっと暁の家がつきまとうのもイヤだが、何より黒月の妻として一生を過ごさなければならないのも無理だ。もしかしたら迎えるべく未来だったのかもと考えるとゾッとする。

黒月からは、得体の知れない何かを昔から感じていた。

彼は色々な意味で優秀なため、その〝何か〟についてはうまく隠してしまうのでわからない。

しかし、薄暗い何かを抱いている。そんな気がしてならないのだ。

一方、菊之助の横暴な態度から助けてもらうこともしばしばあった。

一番記憶に残っているのは、就職時だったと思う。

菊之助には外で働かず、大人しく家事見習いでもしていろと言われた。

だが、それをやんわりと止め、菊之助を「縁談が決まるまでの間なら」と懐柔してくれたのはほかでもない黒月だ。

たまに見せてくる優しさに、ますます黒月という男がわからなくなる。

だからこそ、彼とは距離を置きたいと思ってしまうのだ。

黒月から逃れられた。暁家から離れるためのファーストステップはクリアしたと考えていいだろう。

ココアが入ったカップを両手で包み込んでいると、急に頭上から声が聞こえた。

「お？　ホットココアか。最近飲んでいないな」

「え？　総司さん？」

驚いて振り返ると、彼は慌てて美織の手の中にあったカップを取り上げてくる。

「あっぶな。ココアが零れるところだったぞ？　美織」

「あ、すみません」

彼は再びカップを美織に手渡すと、こちらに回り込んでソファーに座る。

そんな彼を見つめながら、ふと疑問が浮かぶ。いつから美織を呼び捨てで呼ぶようになったのか。

——結婚式の日からだった気がする。あの時点から、新婚ラブラブ夫婦を演じ始めていたんだなぁ……。

つかず離れずの絶妙な距離感を残し、美織の隣に座る彼に視線を向ける。

「今日は早く解放されたんですね」

日曜日の今日。彼はお休みを取っていたのだが、急遽仕事に向かわなくてはならなくなり、今朝出掛けていったのだ。

機密事項などをたくさん取り扱う庁の長《おさ》である。美織には言えない仕事がたくさんあるはず。

そう思って、今日の予定を詳しくは聞いていなかったが、思ったより早めに帰宅できたようだ。

ここ最近彼が働きづめではないかと気になっていたので、少しとはいえ早めに仕事から解放されたようでホッとする。

彼はネクタイを緩めながら、疲れた様子で息を吐き出した。

「ああ。爺さんに報告しなければならないことがあったから、官邸に行ってきた。そこで知り合いのおっさんにバッタリ出くわしてさ。このあと一緒に食事をなんて言われたが断ってきた」

「そうなんですか？」

よくよく聞いてみれば、知り合いのおじさんは外務大臣らしい。

彼の手にかかれば、重要ポストに就いている人でも〝おっさん〟になってしまうようだ。

外務大臣は、総司と話したいと思ったから声をかけてきたのだろう。それなのに、断ったりして大丈夫なのかと心配になる。

ＤＸに力を注いでいる今、味方はたくさんいた方がいいはずだけど……。

総司にそう言うと、彼はニヤリと口角を上げて意味深にほほ笑んでくる。

「大丈夫だ。きちんと角が立たないようにしてきたから」

「え？」

「結婚したばかりなので、少しでも妻とくっついていたいんですって言っておいた」

「ええ!?」

まさかそんな断り方をしたなんて。思わず声を上げてしまう。

だが、総司は肩を震わせて笑っている。

「そうしたら、あのおっさん。そりゃそうだ、かわいい新妻とは片時も離れたくないよなぁってニヤニヤしていたな。簡単に解放してくれたからよかった」

「……総司さん」

よかったかもしれないが、外務大臣は「総司くんは、新妻にぞっこんで骨抜きになっていたぞ」などとあちこちに触れ回っていそうだ。

巡り巡って美織の耳に入りそうで、今から居たたまれない。

「あんまり恥ずかしいこと、外で言わないでくださいよ」

顔を赤らめながら注意すると、彼は不敵な笑みを浮かべてこちらに視線を向けてくる。

「いいじゃないか。俺たちが仲がいいと周りが認識すれば、それだけ秘密がバレない」

「……まぁ、そうなんでしょうけど」

周りは政略結婚だと睨んでいるだろうが、契約結婚については誰も知らない。

秘密が公になったら、この結婚の意味がなくなってしまう。

だからこそ、効果的な牽制の仕方だとは思う。

しかし、大臣の妻として何かと出て行かなければならない付き合いもある。

その場で美織一人、冷やかしに遭うのは勘弁してもらいたい。

そう言ってもう一度注意しようとしたのだが、総司はココアが入ったカップを見つめている。

そんな彼の横顔は、どこか羨《うらや》ましそうだ。

「……飲みます？」

「入れてくれるのか？」

「いいですよ」

ソファーから立ち上がると、すぐさまココアを用意して彼に差し出す。

それを受け取った総司は、心なしか嬉しそうに見えた。

「ありがとう。ココアなんて何年ぶりかな」

「日頃は甘いもの、召し上がらないんですか？」

総司が甘味を口にするのを見るのは、初めてかもしれない。

食事や宅飲みのときは、デザートを用意したことがなかったからだ。

「いや？　俺はどちらかと言えば甘党だ。自販機のココアは飲んでいるけど、こんなふうに丁寧に入れてもらったココアは久しぶりかも」

一口飲むと、彼はほぅと安堵の息を吐き出す。

「うまいな。ホッとする」

「ココアには、心を穏やかにさせる成分があるらしいですよ。疲れたときにはいいですよね」

二人で温かなココアを飲みながら過ごす、日曜の午後。

こういう時間を、総司と過ごせて心が高揚してしまう。

「もう、今日はお出掛けはしないんですか？」

「ああ。少しぐらい身体を休めろと、秘書からのお達しもあったからな」

「じゃあ、ゆっくりお酒でも飲みます？」

「そうだな。宅飲みも魅力的だな」

「総司さんはシャワーでも浴びて、着替えてきてください。その間に準備を進めておきますから」

冷蔵庫に何があったかな、と考えながらソファーから腰を上げると、彼が美織の手首を掴んでくる。

え、と驚いたときには、引っ張られて再びソファーに腰を下ろしていた。

目を丸くさせていると、彼は「今日は美織もお休みの日にしないか？」と言いながら携帯を取り出した。

「外に出掛けてもいいけど、やっぱり家が落ち着くからケータリングを頼もう」

「総司さん？」

「たまには大事な妻を労《いたわ》りたいんだ」

そう言ってほほ笑む彼があまりに魅力的すぎて、ドキッと心臓が高鳴ってしまう。

恥ずかしさをごまかしながら、視線を彼からそらす。

「総司さんは、いつも労ってくれていますよ？」

「まだまだ足りないと思っているけどな」

モテる人の発言は、心臓に悪い。女性を喜ばせる手管《てくだ》は、さすがだ。

行きつけだというイタリアンの店に電話をして、あっという間に手配を済ませてしまった。

ソファーから立ち上がると、総司は美織の頭を優しく撫でてくる。

「美織も今日はお休みだな」

そう言って美織の顔を覗き込んでくる彼の表情はとにかく甘い。甘すぎる。

ドキッと胸を高鳴らせていると、彼は不意に小さく笑った。

その顔が色気たっぷりで心臓が止まりそうになる。

ワシャワシャと美織の頭を撫でると、彼はバスルームへと消えていく。

彼の背中が見えなくなったあと、美織は真っ赤な顔で頭を抱える羽目になってしまった。

「契約結婚の相手に、そんなに気を遣わなくてもいいんじゃないでしょうか?」

彼に直接言えない言葉を呟いて、熱くなってしまった頬を自分の両手で冷やす。

女性にクールだともっぱらの噂だ。それならば美織に対しても、それを貫き通してくれればいいのに。

――結局、私は女性扱いはまったくされていないってことなのかな。

契約者として正当な扱いを受けている。喜ばしいはずなのにチクリと胸の奥が痛んだように感じた。だが、気のせいだろうと首を振る。

「総司さんは、私の大事な契約者。それ以上でも、それ以下でもないの」

自分に言い聞かせるように呟く言葉には、まったく説得力がない。

それでも、言わずにはいられなかった。

このままでは、彼の優しさにどっぷり浸ってしまい、居心地がいい今の環境から離れたくないと思ってしまうだろう。それが怖かった。

美織の境遇を理解してくれ、救ってくれた大事な人。その優しさに触れてしまったから、少しだけ勘違いしてしまいそうになっていただけだ。

彼が美織を女性として好きでいてくれているのかもしれない、と。

あり得るはずがないのに、勘違いも甚だしい。総司に聞かれたら、笑われてしまうだろう。絶対に口にはできない。

美織は首を横に振ると、ココアが入っていたカップを手にキッチンへと向かったのだった。

＊　＊　＊　＊　＊

「で？　例の件。どこまで進んでいるんだ？」

ここは都内にあるオフィスビル。一棟丸々を借り切っているＤＸ推進担当庁の庁舎内、大臣室だ。

総司は、秘書の小早川と膝を突き合わせていた。

七月上旬。大臣になってから、半年以上が経過。

就任したばかりの頃は、これから冬に向かっていこうとしていたのに、今はすっかり季節は巡って外ではセミの声がうるさい。

今日の最高気温は三十度以上の真夏日になりそうだと気象庁が発表をしていた。

「なかなか尻尾を出してこないんだよな」

二人きりの空間だからだろう。小早川は秘書の顔ではなく、一人のエンジニアとして、そして総司の友人としての顔になっている。

ため息交じりでソファーに座り、総司は天井を仰いだ。

事の起こりは、昨年夏。総理大臣である祖父、義信に相談されたことがきっかけだった。

三年後の設立が検討されている、経済特区に対する情報が漏れているかもしれないという内容だった。

とある地域に、電気事業特区を設立する。その事業は水面下で着々と進んでいた。この事業は民営化のモデルケースとして考えられている計画で、実験的なものという立ち位置だ。

だが、公示はまだしておらず、あくまで噂程度で関連企業ないし進出を模索している企業にひっそりと流れている状況。

確定した情報ではないので、モデルになりたい企業はいつ公示が出てもいいように準備を整え、情報収集に余念はない。

公示は来年年明け、春には入札が行われる予定で進められている。

公示に向けて各省庁の限られた人間のみで情報交換がされ、規定を練り上げている真っ最中だという。

今現在で検討しているのは、特区の候補地だ。とはいえ、絞り切れておらず、二十ヵ所ほどある。

しかし、どこから漏れてしまったのか。その候補地リストが、とある企業でまことしやかに流れているという情報を政府は耳にしたという。

不審に思って調査を進めたところ、経産省のデータベースにバックドア——正規の手順を踏まずに、不正に侵入できる入り口——を見つけたという報告がされた。データベースには、経済特区に関するあらゆる情報が入っており、もしかしたらデータベースに何者かが悪意を持って侵入してきたのではないかという懸念が浮上。

そこで、ホワイトハッカーとして陰で活躍している総司に内々に相談が来たという流れだ。

これが、義信に頼まれている本当のお願い事だ。DXについては、彼からしたらおまけみたいなものだろう。

うまくいったらラッキーぐらいの気持ちがあったに違いないと、総司は思っている。

こちらとしては、大臣など引き受けずにセキュリティ・ハッカーに対しての調査だけを進めたいと考えていた。

だが、高い地位でなければ得られない情報や人脈がある。だからこそ、DX推進担当大臣になっただけ。

面倒ごとを押しつけられて辟易としていたが、この地位にいるからこそ得られる権利や情報があるのは確かなので目を瞑っている。

——そこから美織と結婚なんて事態にまでなったのには、ビックリだけどな。

パソコンのディスプレイを覗き込みながら、頭の片隅では美織のことを考えていた。最初こそ彼女の境遇を気の毒に思い、以前助けてもらった借りを返そうと契約結婚を申し出た。

期間限定とはいえ、適度な距離感を持って大事にしてあげたいと思っている。

亡きご両親から預かってきたお嬢さん、そんな気持ちで結婚に踏み切ったはずだった。

だが、蓋を開けてみたらどうだろう。彼女との共同生活が、思ったより心地がいいと気がついてしまった。

時間が合えば食事をし、宅飲みをする。先日サブスクで映画を観たのだが、趣味がバッチリ合った。それも感動する場面は、すべて同じ。

そんな女性に出会ったためしがなく、ビックリしたのと同時に嬉しく思った。

今度は一緒に外食をしてみようかなどと考えるほどに、彼女と少しでも一緒にいたいと思っている自分に驚きしかない。

彼女をいつの日か解放してあげよう。

そう思っていたはずなのに、彼女と一緒に過ごす時間を増やそうと計画している自分がいる。

今まで女性と濃い付き合いをしてこなかった。それは、女性に煩わしさを感じていたからだ。

しかし、美織には煩わしいなんて感情を抱かない。

それどころか、もっと彼女との時間を取りたいなどと考える始末。まったく、解せない。

これは期間限定の関係だ。彼女に約束した通り──と言っても、彼女にはデータ流出問題のことは伏せてあるのだが──問題が解決したら、離婚する予定だ。

もちろん、彼女が再び暁家に囚われないようにしなければとは思っている。しかし──。

いつか別れの日が来る。そう考えると、胸の奥がモヤモヤしてしまう。

──なんだろうな、この感情は。

今まで経験したことがないこの胸の痛みについて、誰かに聞いてみたい。

そこまで考えていると、小早川の声でハッと我に返る。

「おい、どうした？　総司。上の空って感じだぞ？」

「あ、ああ……悪い。ボーッとしていた」

クシャクシャと髪をかき上げると、小早川は呆れた様子でこちらを見つめている。

「もしかして、かわいいかわいい新妻のことでも考えていたか？」

ニヤリと口角を上げる彼を見て、心を見透かされているのかと内心焦った。

だが、それを表に出すのはプライドが許さず、冷たい目を彼に向ける。

「何を言っている。彼女は――」

「契約者、だろう？」

「っ」

言いかけた言葉を、小早川に言われてしまった。

その通りなのだが、改めて言われるとモヤモヤとした気持ちに陥ってしまう。

ムッとして眉を顰《ひそ》めていると、彼はフフンと意味深に笑い出す。

「最近のお前、生き生きとしているからさ」

「え？」

「よほど彼女との生活が楽しいんだろうなぁと思って」

「ば、ばかばかしい！」

図星を指されてしまい、動揺する。だが、それを悟られたくなくて悪態をついてみせた。

すると、小早川は「へぇ」とますます意地の悪い顔になる。

その視線から逃げたくてコホンと小さく咳払いをしたあと、再びディスプレイに目を向けた。

そんな総司に、小早川は少々厳しめな口調で諭してくる。

「期間限定で彼女を助けただけだろう？　深入りしたら痛い目に遭うぞ？」

「わかっている」

「彼女はお前のことなんてなんとも思っていないんだろう？　あの秘書から逃げてきただけ。彼女に嵌《は》まるとお前が苦しむぞ？」

「……」

確かにその通りだろう。しかし、そもそも女性に対して依存したり、縋ったりするなんて想像できない。

ふと美織の顔が浮かんだ。

――彼女は今まで出会った女とは違うのかも……？

いや、ないな、と思わず自分の思考に噴き出して笑ってしまう。

そんなに急に人の価値観など変わるものではないだろう。

「ないない。そんな未来が来たら、空から槍が降ってくるな」

「ふーん。それじゃあ本当に槍が降ってくるかもな」

そんな嫌みをものともせず肩を震わせ笑っていると、小早川が盛大にため息をついたのがわかった。

それには気がつかないふりをして、ディスプレイに並んでいる無数の数字を見つめる。

義信に依頼されて経産省のデータベースにバックドアを見つけたあと、色々と調べ上げたが誰が侵入を試みたのかわからずじまいだ。

アクセス履歴は何も残っていなかった。なかなかに完璧な手口で舌を巻く。

このデータベースに侵入したセキュリティ・ハッカーも自分の動きにミスはないと自負しているはず。

だからこそ、こちらがバックドアに気づいているとは思っていないだろうと睨んだ。

そこでセキュリティ・ハッカーをおびき寄せるためのトラップを仕掛けた。所謂ミラーサイトに誘導するためだ。

そこにダミーデータを保存してある。もし、ハッカーがバックドアを使って侵入してくれば、そのダミーデータを見つけるだろう。

敵が不審に思わないよう、幾重にもトラップを仕掛けた仕様になっている。

難関なものであれば、ますますそれを解読したくなるはず。そんなセキュリティ・

ハッカーの性質をうまく使った作戦だ。

必死にそれらを突破し、奪うことができたデータはまったくのニセモノだ。

そのデータを公に出したとき。侵入者、もしくは陰で糸を引いている人物が割り出せる。

だが、残念ながら未だにトラップに引っかかってこない。持久戦を覚悟しなければならないようだ。

もう一度データベースに侵入者《わるもの》が入ってきたとき、それが勝敗を分けるのだろう。

「ヤツはこれで終わりにはしない。まだまだ動いてくるはず」

これからさらに議論が進められて経済特区の詳しい内容がこのデータベースに記されていく。

それがわかっていて、これで終わりになんてしないだろう。貪欲に情報を求めてくるはずだ。

「早く来い。俺が捕まえてやる」

悪事を働く組織には、それなりの制裁を加えなければならない。

人々の生活とこの国を守るため。大事なデータは、ホワイトハッカー《俺》が守り抜いてみせる。

キーボードに触れながら、今はまだ静観をしているセキュリティ・ハッカーに心の中で宣戦布告をした。

6

「あっついなぁ……」

地下鉄の駅から地上に出ると、眩しさと暑さのせいで世界が揺れた気がした。

日傘片手に空を見上げると、九月の空は容赦なくギラギラとした太陽の光を浴びせてくる。

一気に身体中から汗が滲み出て、こめかみからも落ちていく。

タオルハンカチで額に浮いた汗を押さえたあと、眩しすぎる日差しをうんざりともう一度見上げた。

午後三時過ぎだ。そろそろ日が陰り始めてもよさそうなのに、まだまだ灼熱の太陽は健在である。

ふぅと小さくため息をつき、自宅マンションまでの道を歩いていく。

今日は、総司の母に呼ばれてランチ会に出席してきた。

都内ではあったのだが、喧噪を感じさせない素敵な有名料亭で美織自身も何度か訪れたことがあるが、——行きたくないのに菊之助に無理矢理同席を命令されたのだが

——今回は楽しむ余裕があったので料理を満喫できた。義母に感謝だ。

義母の友達数名の中にお邪魔させてもらい、総司の妻、そして義娘として挨拶をした。

その場にいたのはそうそうたるメンバーで足が竦んだが、それは最初だけ。

皆、美織の親世代。そんな年の離れた婦人ばかりではあったが、娘のように接して優しい方ばかりで、とても有意義な時間を過ごさせてもらった。

ただ、総司との結婚生活や総司への気持ちなどを根掘り葉掘り聞かれてしまい、冷や汗をかく羽目になってしまった。

ランチ会に誘われた当初からそのあたりは危惧していたので、ある程度の答えは用意しておいたのだが、それだけでは足りなかった。

「若い人の恋愛って、聞いているだけでキュンキュンしちゃう！」

などと言って、かなり突っ込んだ質問までされて逃げ出したくなったのは一度だけではない。

真っ赤になったり、真っ青になったりと忙しかった。

思い出して深く息を吐き出してしまう。だが、楽しい一日でもあった。

会社を辞めてからはこんなふうに女性とランチを一緒にする機会はなかったので、いい気分転換になった。

今日一緒にランチをしたご婦人が、今度自宅に招いてくれると言っていた。

お菓子作りが得意な方のようで、美味しいケーキの作り方を教えてくれるという。

純粋に楽しみだな、と頬が綻ぶ。

ご婦人たちは、総司の母から美織は幼い頃に両親を亡くしたことを聞いていたようだ。

だからこそ、娘のように接してくれたのだと思う。ご婦人方の優しさに感謝だ。

母が生きていたら、今日お会いしたご婦人たちのようだったのだろうか。

なんとなくセンチメンタルな気持ちになりながらも、楽しかった一日に胸が温かくなる。

「……夕食は何にしようかなぁ」

大型スーパーの前で足を止める。

ここ最近の暑さのせいで、心なしか夏バテ気味かもしれない。それは、美織だけでなく、総司もだ。

冷たくて喉ごしがいいモノを食べたくなりがちだが、それではスタミナ不足になってしまう。

総司は、相変わらず忙しそうだ。仕事の疲れ＋夏バテ気味で、身体が心配なところ。ガッツリしたものでスタミナをつけてもらいたいが、いきなりそれでは胃腸がビックリしてしまう。

吸い込まれるように空調が利《き》いた店内に入って、レジカゴを手にする。

フラフラと店内を歩きながら、ふと目にしたパックを手に取った。

「冷しゃぶなんていいかも！」

大根おろしやショウガ、青じそ、ミョウガなどの薬味を添えて、ポン酢だれでいただく豚冷しゃぶならタンパク質も取れる。

温野菜も一緒に取れば、ビタミン摂取もできるだろう。

食欲が湧かない日でも、さっぱりといただけるはずだ。

今日は明るいうちに帰る予定だから外に食べに行こうか、と総司は提案してくれていたが、疲れている彼を外に再び連れ出すのも気が引ける。

それなら家でゆっくりと夕食を食べ、そのあといつものように宅飲みする方がよさそうだ。

携帯を取り出し、総司宛に美織の提案をメッセージで送る。すると、すぐに返信が買ってくれないかしら』

来た。

『ありがとう、助かる。冷しゃぶ、楽しみだ。今、帰宅途中だから酒のつまみを何か買っていく』

今日は早く帰れるとは聞いていたが、本当に早く仕事のきりがついたようだ。

思わず頬が緩んでしまった。誰が見ているわけでもないが、なんとなく恥ずかしくなる。

慌てて頬を引きしめようとしたが、やっぱり気持ちを隠し通せない。

知らず知らずのうちに、鼻歌を歌っている自分に顔が熱くなる。

「何を浮かれているのよ、私ったら」

誰かに言い訳をすることでもないのに、ゴニョゴニョと口ごもった。

総司とのこんなやり取りは日常的になっており、本当の夫婦なのではないかと錯覚しそうだ。

だが、結婚当初の約束通り、彼は絶妙な距離感で美織に接してくる。

男女の甘さなどは皆無で、ただ同居人として優しくしてくれていた。

二人の心の距離が近づいているとは思うが、やはり一線を引かれている。

そのことが、ちょっぴり寂しいと感じ始めていた。

美織は、慌てて首を左右に振る。

――こんな距離感でいられる男性が初めてだから、テンパっているんだ。私。

間違ってはいけない。この距離感は、絶対に守らなくてはいけないのだ。

勘違いして深みに嵌まってしまったが最後。抜け出せなくなるだろう。

期間限定での同居なのだから、そのあたりはしっかりと弁《わきま》えなければならない。

浮かれていた感情を消すように、レジカゴに青じそを放り込んだ。

会計を済ませ、西日が厳しくなった外へと足を踏み出す。

あれこれと買いすぎてエコバッグは重く、日傘を差しているのでバランスは取りにくい。

アスファルトからの照り返しにうんざりしつつ、ゆっくりと歩を進める。

背中に汗が流れ、汗だくになってしまった。

マンションに着いたら、スーパーで買った食材を冷蔵庫に入れてシャワーを浴びよう。

そんなことを考えていると、ようやくマンションが見えてきた。

エントランスに入れば涼しいはず。早く冷たい空気を身体に纏いたい。

急いでマンションの中に入ろうと歩調を速めようとしたときだった。誰かに声をかけられた。

「神代美織さんですか？」

「え？」

振り返った途端、いきなりカメラのフラッシュが焚《た》かれ、目がチカチカする。

「神代大臣と結婚なさって少し経ちますが、いかがですか？」

「あ、あの……」

戸惑っている間も、カメラマンはしきりにシャッターを切っている。

美織の困惑など気にもかけず、男性は話を進めていく。

「神代大臣は、あのルックスですし。女性は放っておかないでしょう？　そのあたり、奥様はどう思われているんですか？　心配じゃないですか？」

矢継ぎ早に質問をしてくる男性は、ポロシャツにスラックスという出で立ちだ。

そんな彼の隣には、首からカメラを下げた男性が今も美織を撮り続けている。

どうやら週刊誌の記者たちのようだ。

せめてどこの出版社の社員なのか、挨拶ぐらいして然《しか》るべきだろう。

美織がムッと顔を歪めて不快感を露にしているのに、彼らはグイグイと迫ってくる。

その記者は、口調こそソフトだ。だが、眼光が鋭く何かネタになりそうな失言をしないかと期待に満ちた目をしている。

異様な雰囲気に、足が動かなくなってしまう。

立ち尽くしている美織にボイスレコーダーを向けて、彼らは質問を繰り返してきた。

こんなふうに美織に対して週刊誌の記者がインタビューをしてくるのは初めてだ。

総司は注目されている大臣なので、ある程度マスコミには気をつけなくてはとは思っていた。

しかし、まさか自分が狙われるなんて。いざこんな事態に陥ると面食らってしまう。

身体が硬直してその場から動けない美織に対して、記者たちは容赦なく質問を投げかけてくる。

美織を壁に追いやり、男性二人は囲むように距離を詰めてきた。

逃げられないようにするためなのだろう。美織にしてみたら、彼らの威圧的な態度に怯んでしまい何も言えなくなってしまう。

「ご主人がモテすぎて心配でしょう？　何か懸念していることなんてありませんか？」

「色々と噂は上がってきているんですよ？　聞きたくはありませんか？」

思わず身体がピクッと震えてしまう。総司なら、あり得る話だと思ってしまったからだ。

想像してしまった。彼が他の女性と連れ立っている姿を。

――なんか、すごくイヤ……！

美織が動揺したのに気がついたのだろう。記者たちは嬉々として、捲し立ててくる。

「暁家、神代家に聞いても、ノーコメントで何も教えてくれないんですよ」

「こちらが握っている情報はあながち嘘ではないと認識しているからでしょう。信憑性がある情報、奥さんは聞く権利があると思いますよ？　それなのに貴女だけが、蚊《か》帳《や》の外。おかしいと思いませんか？」

「……」

どうやって情報を彼らは手に入れたというのか。

彼らが握る情報を聞いてみたい。そんな気持ちになったが、すぐさま心の中でノーを突きつける。

総司がヘマをするはずがない。何より、結婚時に取り決めた約束事の一つに、〝結婚している間は、貞操を守ること〟という項目がある。

彼は、絶対に守ってくれているはずだ。

そう思えるだけの信頼関係は、この数ヵ月で築き上げてきた。

記者たちは、あることないことを美織の耳に入れて動揺させるのが目的なのだろう。

そして、総司の足を引っ張れる話をポロリと零さないか。それを待っているように思える。

総司には、常に記者が張り付いている。彼らも何かスキャンダルに繋がるネタはないかと探していたはずだ。

だが、総司に近づいても記事にできるような情報を掴めない。だからこそ、ターゲットを変えてみたというところだろうか。

総司の祖母に挨拶をしたとき、『美織さん、あまり一人で出歩かないようにね。マスコミに狙われてしまうわよ』と言われたのを思い出す。

総司は人気がある大臣だ。それだけに注目度が高いので、周りの人間も注目される。妻となった美織は特に、その目を向けられるはず。

決して気を許してはいけませんよ、という我が国のファーストレディーの忠告が脳裏を過った。

ここで美織がヘマをすれば、総司の顔に泥を塗るはめになる。

それだけでなく、仕事の足を引っ張ってしまう。

グッとお腹に力を入れ、記者たちにほほ笑みかける。もちろん圧を入れるのも忘れない。

「お話しすることは一切ございません。お引き取りください」

美織は暁家の人間だった。

政財界のパーティーなどにも顔を出した経験があるし、菊之助と一緒にいるときにマスコミに取り囲まれた経験もある。

場慣れしている、なんて強気なことは言えない。だが、それでもそういった場に居合わせたことがあるので多少の経験値があると自負している。

威圧的な笑みを彼らに向けることができたのだろう。口ごもる彼らを見て、ホッと胸を撫で下ろす。

そのまま逃げ出そうとしたのだが、再び彼らに取り囲まれてしまう。

「いやいや、待ってください。神代夫人。私たちが握っている情報は——」

「結構です」

記者の言葉を遮るように、強く拒否をした。

きっぱりと言い切ると、彼らに冷たい視線を向けて一瞥する。

動きが止まったのを見届けたあと、隙のない笑みを浮かべて彼らを黙らせた。

「主人は大臣として、そして人としても尊敬に値する男性でございます。現在大臣としての仕事を全《まっと》うするため、日夜忙しく働いております。そのことは、主人に張り付いている貴方たちもご存じのはずです」

ここまで強い態度で出てくるとは思っていなかったのだろう。

彼らは口をぽっかりと開けたまま、美織を凝視している。

「何か質問などがございましたら、直接主人の方にお願いいたします」

失礼いたします、と頭を下げたあと、エントランスに逃げ込もうとした。

だが、彼らはそれを三たび遮ってきたのだ。

「ちょっと待ってくださいよ、神代夫人」

猫なで声の記者に、広げたまま手にしていた日傘を掴まれてしまった。

まさかそんな行動に出てくるとは思わず、よろめいてしまう。

「あ……っ」

手から日傘は離れて、その反動で後ろへと身体が倒れてしまった。

慌てて体勢を整えようとしたが、反対の手でエコバッグを持っていたためにバランスを崩してしまう。

バサッと音を立てて日傘が舗道に落ちたのが横目に見える。

まるでスローモーションのように感じながらも、このまま自分の身体はアスファルトの上に叩き付けられるのかと身を固くした。

咄嗟に手を地面についた瞬間、グギッとイヤな音がする。

「っ!?」

手で身体を支えられず、そのままの勢いでアスファルトに転がった。

あまりの痛みにのたうち回りたくなるほどだ。だが、視界には先程美織に近寄ってきていた記者たちの靴がある。

痛みと恐怖で目を固く閉じたとき、「美織！」と呼ぶ鋭く厳しい声と乱雑な足音が聞こえてきた。

「大丈夫か、美織！」

温かなぬくもりを感じ、誰かに力強く抱きしめられた。

そのぬくもりと声を感じ取り、硬直していた身体から力が抜ける。

自分を抱きしめてくれている人物は誰なのか。目を閉じていてもわかった。

ゆっくりと目を開き、やはり自分の予想は当たっていたのだとホッと安堵して身体から更に力が抜ける。

「総司さ……ん」

安心しすぎて視界が涙で滲んでしまう。だけど、彼が心底心配そうに顔を覗き込んできたのははっきりとわかった。

ハラハラと涙が零れ落ちていく。先程までの恐怖と、そして彼に助けられた安堵感で感情がぐちゃぐちゃだ。

ただ涙が頬を伝い、止められない。

「美織。どこか痛いところはないか？」

「ちょっと……右手を」

激痛が走って動かせない右手だが、無理して笑う。彼が不安げに見つめてきたからだ。

少しでも安心させたくて笑ったのだが、総司はますます顔を歪める。

泣いているのに説得力がないかもしれない。彼の顔を見て、失敗したかもと肩を落とす。

彼は腫れてしまった美織の右手を痛々しそうに凝視したあと、ヒョイッと軽々と美織を横抱きにした。

「え？　え？　総司さん？」

突然の出来事すぎて頭が回らない。彼は何もためらわず、さも当然とばかりに美織を抱いている。

「大丈夫です。痛めてしまったのは、右手だけですから。歩けます！」

この体勢が恥ずかしいのと、彼からの体温を身体中に感じて居たたまれなくなる。

彼の腕から逃げようとしたのだが、彼はそれを許さないと必死な視線を向けていた。

「美織。少し我慢しろよ」

労りが滲む声で言われてしまい、それ以上抵抗できなくなってしまった。

黙って頷くと、彼は視線をある場所へと向ける。

怒りに満ちた横顔を見て、言葉をなくす。

こんなふうに激しい感情を剥き出しにしている総司は初めてだからだ。

彼の視線の先。そこには、青ざめた様子の記者がまさに逃げ出そうとしていた。

「おい、待てよ。どういうつもりだ？」

「え、えっと……あ、あの！　奥様に少しお話を伺おうとしたのですが、急に倒れてしまって。この暑さだからでしょうね。目眩《めまい》でも起こされたのだと思います」

嘘をついている。日傘を引っ張った瞬間を見られていなければ、なんとか逃げ切れる。そんなふうに思ったのだろう。

とにかく穏便に事を運ぼうと腰が引けているのが一目瞭然だ。

総司は、彼らが震え上がるほど低く怒りを滲ませた声で問い質す。

「……言い訳はそれだけか？」

記者たちの身体がビクッと震えたのがわかった。

ブリザードのような冷たい視線を浴びているからだ。

総司に視線を向けられていない美織ですら、あまりの恐怖に慄《おのの》いたほど。

総司からの視線を感じている記者たちにしてみたら、背筋が凍るほどの恐怖を味わっているだろう。

顔面蒼白な二人に、総司は微笑を向ける。だが、目が笑っておらず、余計に怖い。

「君たちの言い分が正しいのか、そうでないのか。それは、ここの防犯カメラを確認すればわかる」

「っ！」

「ここ最近、俺の周りをうろついていた週刊誌の記者だな。何度も警告はした。それを聞き入れてもらえないとは、まったく残念だな」

自分たちの立場が危うい。改めて気づかされたのだろう。

彼らは転がるようにその場から逃げようとする。しかし、すぐさまマンションの警備員たちが駆けつけてきて取り押さえてしまった。

「君たちのボス、そして弁護士を交えて話し合いの場を設けよう。そこで君たちの言い分を聞いてやる。だが——」

総司は自分の腕の中にいる美織をギュッと抱きしめると、彼らに最後通告のように言う。

「君たちは、痛恨のミスを犯したな。俺の周りだけを嗅ぎ回っていればよかったものの、妻に危害を加えるなんて愚行を許すほど俺はお人好しではない。それだけは、覚えておけ」

男たちを睨みつけたあと、美織を心配そうな目で見つめてくる。

その目がとても優しさに満ちていて胸の高鳴りを抑えられない。

彼の側にいれば大丈夫。そんな安堵感に包まれて、泣きたくなった。

総司をなんとか取り成そうとしている記者たちを彼の秘書である小早川に託して、総司は美織を抱いたまま駐車場へと足早に向かっていく。

「腫れてきたな……。痛むか？」

「は、はい……。ちょっと痛い、かな？」

「右手以外に痛いところとかはないか？」

「大丈夫だと思います」

ここで嘘をついても仕方がない。それに、強がったとしても彼に見破られてしまうだろう。

何より心配そうにしている彼に、嘘はつきたくないので正直に答える。

ますます険しい顔になった総司だったが、美織を助手席に座らせると視線を合わせるように腰を屈《かが》めてきた。

不安そうに揺れる瞳が見えて、胸がキュッと締めつけられる。

「総司さん？」

彼は優しく丁寧な手つきで、頬を撫でてきた。

ドキッと心臓を高鳴らせていると、痛みを伴ったような苦しく切ない声で彼は謝る。

「……すまない、美織」

「え？」

どうして彼が謝るのだろう。意味がわからずに首を傾げると、総司は困ったように目尻を下げる。

「俺のせいで、こんな目に遭わせてしまって申し訳ない」

「ちがっ――」

否定をしようとしたのだが、それを彼は首を横に振って止めてきた。

「俺の責任だ」

後悔を噛みしめるように呟き、彼は「すまなかった」と再度謝ったあとに助手席の扉を閉める。

すぐさま運転席に乗り込んできた彼に、貴方の責任ではないから気にしないで欲しいと告げようとしたのだが、声をかけられる雰囲気ではなかった。

それほど、彼の纏う空気は重苦しくてピリピリとしている。

何も言えぬままでいると、彼は車のエンジンをかけて近くにある総合病院へと向かった。


「右手、手首の骨が折れてしまっていますね。んー、全治二ヵ月といったところでしょうか」

あのあとすぐ、総合病院で精密検査を受けて診断結果を聞いているところだ。

念のためということで、MRIやCTなども撮った。

大丈夫だと言ったのだが、総司が断固として譲らなかったためだ。

痛み止めの注射を打ち、骨を正常な位置に戻す処置は涙が出るほど痛かった。

「成人男性でも叫ぶほどですから。よく耐えましたね」とは看護師からの言葉だ。

次の受診は一週間後。その予約を済ませて、会計へと向かう。

動こうとすると「美織はここにいろ。怪我に障《さわ》る」と言って、彼に無理矢理椅子へと座らされてしまった。

足の怪我ではないのだから動けます、と訴えたのだが、そんなものはすべて却下される。

挙げ句の果てには、「やっぱり心配だから抱き上げていく」と帰宅時にも再び横抱きにされそうになり、慌てて遠慮した。

自力で車まで歩くことを渋々だが許可され、助手席に腰を下ろす。

怪我はもちろん痛いが、総司の対処の方が疲れた。

車のエンジンをかけてゆっくりと動き出すと、ようやく家に戻れそうだとホッとしてしまう。

総司は「怪我に響くといけないから」と言って、車を走らせるのも慎重だ。

——そんなに心配しなくてもいいのに。

少々呆れつつも、こんなに心配してくれるとは思っていなかったので、なんとなく擽ったさを感じる。

それに、総司の意外な一面を見られて、なんだか嬉しい。

彼はクールに見えて、案外心配性で過保護のようだ。

今回の件は怖かったし痛い思いもしたけれど、神代総司という男性をより深く知る出来事になったように思える。

流れる景色を眺めていると、彼はハンドルを握りながら先程の記者たちのことを教えてくれた。

美織が検査をしている間に、小早川から連絡があり進捗を聞いたらしい。

彼らも言っていたが、総司のスキャンダル記事が欲しくて嗅ぎ回っていた様子だ。

暁家や神代家に、何度となく取材の申し込みがあったらしいが突っぱねていたという。

前々からきな臭い連中で、政財界でも爪弾きにされている週刊誌だったらしい。

彼らの噂が広がっていたため、なかなかスクープを掴めずに焦っていたのか。

美織をターゲットにしようと動き出したのではないかというのが、総司の予想だ。

詳しい動機については、弁護士を通しての話し合いで色々と明らかになっていくだろう。

「まさか美織に対して強引に来るとは思っていなかった。この状況をきちんと美織に話しておくべきだった」

そう言って、総司はずっと謝罪し続けている。

総司さんのせいじゃない、と美織が何度言っても聞いてくれない。結構頑固だ。

確かに今回の件については、総司のスキャンダルを追っていた記者が引き起こしたものだ。

彼が責任を感じるのも仕方がないのかもしれない。

だけど、彼が悪いわけではないのだ。そこまで責任を感じる必要はないし、きちんと謝ってくれて経過報告もしてくれている。

それ以上を望むつもりは、まったくない。それなのに、彼はかなり落ち込んでいる様子だ。

あまりに責任を感じている彼を見るのが辛すぎて、それならばと彼に一つお願いをした。

「そんなに責任を感じているのなら、できる範囲で助けてください」

なんせ怪我をしてしまったのは、右手だ。利き手を負傷してしまったのは、結構キツい。

食事にしろ、着替えにしろ、何かしらに支障が出るのは目に見えている。

一人ではどうしたってできないことは、出てきてしまうだろう。

特に水仕事は無理になってくる。そのあたりのサポートをお願いしたい。

そう伝えると、彼は「もちろんだ」と深く頷いた。

彼に罪滅ぼしなんてしてもらう必要などまったくないのだが、こう言っておかないといつまで経っても彼は罪悪感を抱いてしまうはず。苦肉の策だ。

とはいえ、総司は今をときめくＤＸ推進担当大臣である。

日頃は分刻みのスケジュールをこなしていることが多いと聞いているのに、あれこれ頼めるはずがない。

このお願いは、いわば口実だ。これで彼の気が済めばいい。

彼が家に早く帰ってきたときだけ。少しだけ力を貸してもらえたらと思う。

もし、それでも生活に支障が出るようなら、一度暁家に戻るのも手だろう。

なるべく菊之助の近くには行きたくないのが本音ではあるが、あの家には長年勤めている家政婦がいる。

彼女とは気心が知れているので、助けてもらえるかもしれない。

――総司さんにお願いはしたけれど、やっぱり暁家に戻った方がいいのかもしれないな。

あれこれ考えていたら、どうしたって人の手を借りなければならない場面が多そうだと気がつく。

結婚後、自分のことは自分でこなす生活を二人はしてきた。

そういうルールの下で契約をしたからだ。

お互いきちんと生活できているので、彼一人でマンションにいたとしても生活にはさほど困らないように思える。

元々一人暮らしをしていた人だし、なんでもこなせるだろう。心配はなさそうだ。

そう判断した美織は、運転をしている彼に声をかける。

「あの、総司さん。やっぱり、ギプスが取れるまでは暁家に戻ろうかと思うのですが」

「は⁉」

いきなり大きな声で聞き返され、ビックリして彼の横顔を見つめる。

一方の彼はどこか動揺した様子で、左にウィンカーを出して車を停車させてしまった。

「どういうことだ?」

総司のあまりの形相に怯んでしまう。

ジッと美織を見つめる目は、真剣さに満ちていて答えを促してくる。

「え、えっと……。利き手が不自由ですから、暁家の家政婦さんに面倒を見てもらった方がいいんじゃないかと」

「……」

「ほ、ほら！　総司さんはお仕事が忙しいですし、日中はマンションにいないですよね？　そんなときに、何か困ることが起きても一人で対処できそうにもないから……」

　こちらを見つめてくる彼の視線が、なぜか非難めいている。

どうしてそんな目で見られなくてはいけないのだろう。居心地を悪くしていると、彼は首を横に振ってくる。

「ダメだ。美織はうちのマンションにいろ」

「えっと……？」

「どうして俺たちが結婚をしたのか。忘れたとは言わせない」

「……そうなんですけど」

　彼が言いたいことはわかる。菊之助から押しつけられる縁談に辟易して、総司と契約結婚をする決断をしたのだ。

　それも黒月から逃げ出したくてこうして総司と結婚をしたのに、その諸悪の根源がいる場所に戻るのは間違っていると言いたいのだろう。

「でも、私は総司さんと結婚しましたし。さすがに黒月さんだって諦めていると思います。近づいてくるなんて――」

ないと思います、そう告げようとしたのだが、彼の声にかき消された。

「そんなふうに思っているのなら、甘いぞ。美織」

「え？」

「あの男は、好機を見逃すはずがない」

きっぱりと言い切る総司を見て、そうなのかもしれないと考えを改める。

得体の知れない黒月だ。何か仕掛けてくる可能性がないとは言い切れない。

感情が読めない目で見つめてくる黒月を思い出し、身体が震えてしまう。

美織が状況を理解したと判断したのだろう。総司は、安堵したように小さく息を吐き出した。

「とにかく、美織はこのまま俺のマンションにいた方がいい。日中は、神代家の家政婦さんにお願いして来てもらおう」

「でも、迷惑をかけてしまいます！」

神代の両親に迷惑はかけられない、何度もそう懇願した。だが、総司は美織の言い分を聞き入れない。

「神代家の嫁が怪我をした。うちの親父と母さんはこちらが頼まなくても手助けしてくると思うぞ？」

総司の言う通り、神代家は美織を温かく迎えてくれている。

優しい人たちだとわかっているからこそ、あまり迷惑はかけたくない。

――だって、私。本当の総司さんの妻じゃないんだし。

戸籍上は妻だ。だけど、契約で成り立っているだけ。いずれは別れる予定の仮の嫁。

いわば、神代家をだます行為をしているのだ。

何も言えなくなって黙り込むと、「とにかく」と総司は仕切り直しを提案してくる。

「まずはマンションに戻って、一息つこう。話し合いはそれから。それでいいか？」

「はい」

大人しく頷く美織を見て、彼はようやく車を発進させた。

7

病院からマンションに戻った二人をエントランスで出迎えたのは、七十代ぐらいの女性だった。

シャンと背筋が伸びて姿勢がいいその人は、茶道や華道などの師範のようにも見える。

凛とした雰囲気を纏った女性を見て、総司さんは朗らかに笑った。

「ああ、やっぱり良美《よしみ》さんが派遣されてきたか」

「ええ。旦那様方にお願いされて、すっ飛んで参りました。総司さんの大事な奥方のお世話ができるなんてね。長生きはするもんですわね」

「何を言っているんだ、良美さん。まだ七十歳だろう？　あと三十年は楽勝だと思うけど？」

「それぐらい生きていれば、総司さんのお孫ちゃんも抱けそうです」

オホホ、と軽快に笑ったあと、彼女はすぐさまこちらに視線を向けてきた。

そして、流れるような動きで挨拶をしてくる。

「美織さんですね。初めまして、田中《たなか》良美と申します。長年、神代家にお仕えさせていただいている者でございます」

綺麗な会釈に見惚れている場合ではなかった。我に返ったあと、慌てて頭を下げる。

「暁美織です。こちらこそ、初めまして」

何度か神代家にお邪魔させてもらっているが、良美に会うのは初めてだ。

聞けば、彼女は孫の世話をするために一年間休暇を取っていたらしく、先日復帰したばかりだという。

ふと、総司を見ると、なんとも言えない表情を浮かべていた。

どうして彼がそんな浮かない顔をしているのか。不思議に思って首を傾げていると、
彼は盛大にため息をつく。

「美織。君はもう、神代家の者じゃないのか？」

「え？　……あっ！」

結婚してから数ヵ月経ったというのに、未だに元の姓を名乗ってしまうなんて。

血の気が引いて青ざめてしまう。

契約で成り立っている結婚だとは彼の家族でさえも知らないのだ。

なんとかごまかさなくてはと口を開いたのだが、そんな美織の肩を総司は抱きしめ

てきた。

「ちょ、ちょっと——」

心臓が口から飛び出るかと思うほど、ドキッとしてしまう。

病院へ行くときに抱きかかえられたときも羞恥で居たたまれなくなったが、これも心臓によろしくない。

ドキドキしすぎて何をしたらいいのかわからないでいると、総司は心配そうな声色で甘く囁いてくる。

「あぁ、美織はよっぽど今日のことが堪えているんだな。可哀想に……」

チラリと上目遣いで彼に視線を向けると、また心臓が壊れそうなほどに鼓動が速まってしまった。

——その色気、反則ですーっ！　総司さん!!

心配そうに眉尻を下げ、あたかも愛妻を労る夫に見える。

それも、ファッション雑誌から飛び出してきたかのような格好いい男性が、愁いを帯びた様を前面に押し出してくるのだ。

見惚れてしまうのも仕方がないし、なぜだか説得力がある。

そう思ったのは、良美も一緒だったようだ。

彼女もまた、心配そうに美織を見つめてくる。

「そうですよね。美織さんは、大変な思いをしたのですもの……。まだ動揺してしまっていますよね。お可哀想に……」

涙ぐんでいる良美を見て、顔が引きつってしまう。罪悪感が半端ない。

だけど、今ここで口を開いたら、ボロを出してしまう可能性が非常に高いだろう。

美織が慌てふためいているのは、総司にも伝わっているようだ。すぐさま助け船を出してくれる。

「良美さん。美織を早く休ませてあげたいんだが……」

美織の表情を良美に見せないようにしているのだろう。彼は、美織の顔を隠すように抱きしめてきた。

少しだけ汗が混じった香りがする。その瞬間、彼が必死の形相で走ってきて美織を助けてくれた光景を思い出す。

彼があんなふうに慌てる姿を初めて見た。それがまた嬉しくて、胸がキュンとしてしまう。

彼の香りを感じるたびに、なんだか心が落ち着いていく。

それだけ彼と一緒にいることに違和感を覚えなくなったという証拠なのかもしれな

い。

今、自分はどんな顔をしているのだろう。きっと人様には見せられないほど、緩んだ表情をしているはずだ。

総司にそんな自分を見られたくなくて、彼に協力するように見せかけながら身体を彼に近づけて顔を隠す。

ドクドクと心臓が異様なほど高鳴ってしまい、どうしたらいいのかわからなくなる。

あまり近づいていると、忙《せわ》しなく脈打っている心臓の音に総司が気がついてしまうかもしれない。

少しだけ離れようとしたが、美織を抱く彼の腕は依然と強いままだ。

良美は心配そうな声で言う。

「そうですよね。早くゆっくりしたいですよね！」

行きましょう、という良美の鶴の一声で、ようやく部屋へと戻ることができたのだが……。

良美も一緒に部屋に上がってくると、すぐさま美織をソファーに座らせてお茶の準備をしてくれた。

そのあと、彼女が大きな袋から取り出したのは三段重だ。

蓋を開くとそこには、色とりどりのおかず、ちらし寿司がところ狭しと詰められていた。目にも鮮やかで、とても美味しそうだ。

それらを取り皿に載せ、美織に手渡してくれる。

もちろん食べやすいようにすべてが一口大にしてあり、箸ではなくフォークを添えてくれた。

至れり尽くせりとは、このことを言うのだろう。

だけど、今はそれどころではない。持っていたフォークを落としてしまいそうになりながらも、平静を装って良美に視線を向けた。

「え……？　今、なんて言いました？　良美さん」

彼女はさも当然とばかりに、唇に小さく笑みを浮かべている。

「ですから、美織さんの手が完治するまでの間、私が泊まり込みで身の回りのお世話をさせていただきます。ご安心ください」

「……」

「総司さんが世間に注目されている今、美織さんにも注意を払わなければならなかったのに、それを怠ってしまった。申し訳なかったと旦那様は思っておいでです。そこで、私に美織さんのサポートをしてきて欲しいとお願いされたのですよ」

やる気満々の彼女を見て、冷や汗が背中を伝う。

どうやら、怪我が治るまで良美がマンションで美織の看病をする手はずを神代家が整えてしまっていたようだ。

良美がサポートしてくれれば、確かに助かる。だが、彼女がずっとこのマンションにいるのはあまり歓迎できない。

総司と美織が本当の夫婦ではないとバレる可能性が高くなる。

四六時中一緒にいたら、二人の様子がおかしいと勘づかれてしまいそうだ。

丁重にお断りしようとしたのだが、「これは神代家の総意でございますから」と良美は断固として美織の世話をするといって聞かない。

ここまで言われてしまっては、さすがに断れないだろう。

ほとほと困っていると、着替えを済ませた総司がリビングに戻ってきた。

「え？　良美さん。ここで泊まり込みするのか？」

総司は困惑した様子で良美に問いかけると、彼女はジロリと総司に訝しげな目を向ける。

「あら？　総司さん。私がいては不都合なことがおありですか？　総司さんはお仕事が忙しくて家にいる時間は少ないでしょうし、身の回りの世話なんてできないでしょう？　美織さんは右手が使えない状況なんですから、私がしっかりとお世話させていただきます」

その通りだが、それでも泊まり込みはさすがに遠慮したいところだ。

生活に支障が出るのも大変だが、何よりこちらの内情を知られるほうがマズイ。

なんとかして、この窮地からの脱出を試みたい。

——どうします？　総司さん！

アイコンタクトで問いかけると、総司はこちらに近づいてきた。そしてなぜか、背後から抱きしめてきたのだ。

まさかの行動に顔が一気に熱くなる。目の前の良美も、目を丸くさせて驚く。

彼の腕から抜け出そうとしたが、右手はギプス、左手はフォークを持っていたために彼の手を払いのけられない。

美織が困っているのは伝わっているはず。しかし総司は美織の耳元に顔を近づけて、良美に親密さをアピールした。

「不都合なこと？　もちろんあるさ」

「え？」

「良美さん、わかっている？　俺たちは新婚だぞ？　二人きりでいたいと思うのが当たり前じゃないか」

彼は、ギュッとより腕に力を入れて抱きしめてくる。

かなり密着してしまい、顔から火が出てしまいそうだ。

羞恥心を煽られて逃げたくなっていると、彼は耳元で囁いてくる。

——ジッとしていろ、って言われても。

そんな無茶を言われても困る。目の前にいる良美からの視線を感じてたじろいでしまう。

すると、まぁ！　と感嘆の声を上げた彼女は、どこか夢見る乙女のように頬を赤らめている。

「総司さん、美織さんにぞっこんなんですね」

「まあね。そうじゃなきゃ、結婚なんてしないさ」

サラリととんでもない嘘を吐いた。だが、これに付き合わなければならないのだろう。

居たたまれない気持ちを抱きながら、仲良し新婚夫婦に見えるように努力してほほ笑んで見せる。

顔が引きつりそうになりながらも笑みを絶やさずにいると、良美は納得したように何度も頷いた。

「わかりました。そうですわよね、新婚夫婦に無粋な真似はできません。泊まり込みは、やめておきましょう」

「そうしてくれると助かる」

彼の言葉じりから安堵した様子を読み取った。これでなんとか危機は回避できただろう。

ホッとして身体から力を抜いた瞬間だ。彼がいきなり頬ずりをしてきた。

まさか、総司がそんな行動に出てくるとは思わず、頭が真っ白になる。

あまりの衝撃に、抵抗するのを忘れてしまった。

硬直して彼になされるがままになっていると、「本当に仲がいいのですねぇ」と良美はこれまた頬を赤らめて目を輝かせている。まったくもって居たたまれない。

「では、美織さんのお着替えやお風呂は、総司さんにお願いしてもいいのかしら？」

「っ!?」

耳を疑い、良美をガン見してしまった。

顎が外れるかと思うほど、ぽっかりと口を開けて間抜け面を晒してしまう。

さすがに、それはマズイ。マズすぎる。

否定しようとしたのだが、総司がクスクスと意地悪く笑って再び頬ずりをしてきた。

パニックになってしまって言葉が出てこない。

美織を見て小さく笑ったあと、総司は調子に乗って良美にとんでもないことを言い出す。

「俺が仕事で遅くなりそうだったら連絡するから、そのときだけは着替えとお風呂は良美さんがしてくれるか?」

今度は総司に慌てて視線を合わせる。

これでは、「早く帰れるときは、全部自分がやる」と言っているようなもの。

それでは困る。入浴、着替えはなんとしても良美に手助けしてもらいたい。

いいですよ、なんて良美は朗らかに返事をしている。勝手に決め始めた二人を必死な形相で止めた。

「着替えとお風呂は、良美さんにお願いしたいです!!」

叫ぶように懇願すると、良美は首を傾げてこちらを見つめてきた。

「美織さん、いいの? 大事な夫婦の時間ですよ? イチャイチャしなくて」

「イ、イ……イチャイチャ……?」

口元が引きつっている美織に、彼女はなぜか至極真面目な顔で聞いてくる。

「新婚の二人ですもの。少しの時間も一緒にいたいでしょう？　そうじゃなくても総司さんはお忙しいだろうし……」

「えっと、あの……」

「お風呂でイチャイチャするから、夜は二人きりで過ごしたいんですよね。わかっていますから、恥ずかしがらなくても大丈夫。うふふ、若いっていいですわよね」

揶揄《からか》われているのならば、「何を言っているんですかぁ～」と笑っていなせただろう。

しかし、彼女は総司の発言を聞いて本気にしている。

総司に助け船を、と視線を向けるのだが、彼は肩を震わせて笑っていた。

さすがに美織の冷たい視線を感じたのだろう。彼は一つ咳払いをして、それでも笑いを噛みしめながら助けてくれた。

「突然仕事が入って帰りが遅くなるときがある。それまで風呂を我慢させていたら可哀想だ。だから、着替えと風呂は良美さんがしてくれるか？」

「……そうですよね。夜遅くの帰宅になったとき、困るのは美織さんですものね。わかりました。では、美織さんを綺麗に磨き上げておきますね」

「ハハハ。そうしてくれると助かる。帰ってきてすぐに美織をベッドに連れ込めるしな」

「了解です」

話はついたとばかりに二人は別の話題に移ってしまったが、こちらとしては入浴の話に戻って突っ込みを入れたいぐらいだ。

それに、ベッドに連れ込むなんて夜の生活を彷彿《ほうふつ》させるようなことをどうして言ったのか。訂正したい。

——ダメだ。ここで話を蒸し返したら、今度こそ我が身が危うい！

ここは何事もなかったように流すのが一番だろう。

だが、良美が帰ったら総司に一言文句を言わなければ気が済まない。

悶々とした気持ちを押し殺しながら食事を取り終え、良美にお風呂と着替えの介助をしてもらう。

お腹が満たされ、シャワーを浴びて綺麗になった美織を見て、良美はやる気に満ちた表情を浮かべる。

「それでは、また明日。お伺いしますね」

にこやかに宣言をし、良美は出ていった。

パタンと玄関の扉が閉まり、ようやく安堵して長く息を吐き出す。

なんとか秘密を死守できたという安心感で、全身から力が抜けてしまった。

その場にしゃがみ込んでいると、総司は暢気《のんき》な声で悪びれることなく口を開く。

「良美さんが泊まり込みをすると言い出したときは、さすがに慌てたな」

「……」

「でも、回避できてよかった、よかった。……って、何を怒っているんだ？　美織は」

しゃがみ込んだまま総司を睨みつける美織を見て、彼は不思議そうにこちらを見下ろしてくる。

そんな彼にますます腹が立ち、唇を尖らせながら立ち上がった。

「なんであんなこと言ったんですか!?」

「あんなこと？」

すっとぼけている彼に、苛立ちが抑え切れなくなってくる。

身長差があるため、彼に見下ろされているのがまた癪《しゃく》に障った。

つま先立ちをして少しでも身長差をなくし、怒っているんだぞというアピールをする。

「良美さんに契約結婚だとバレないためにつく嘘にしては、度を超えていると思うんですけど！」

憤慨している美織を見て、ようやく悟ったのだろう。

しかし、彼は余裕の表情でニヤニヤと揶揄うように笑い出す。

背中を壁に預けると、腕組みをしてこちらを見下ろしてくる。

ますます怒りを込めて睨みつけると、彼はクスクスと楽しげに笑い声を上げる。

「いい牽制の仕方だっただろう？　俺が愛妻家だと植え付けることができたし、訳ありな結婚だと悟られるのを回避できた。これ以上の策は、なかなかないんじゃないか？」

ニッと口角を上げて、自分の手柄だと言わんばかりに満足げな表情だ。

確かに上手な躱《かわ》し方だったかもしれない。

だけど、良美にはチラチラと意味深な視線を送られて、美織としては居たたまれなかったのだ。

先程までのやり取りを思い出し、また恥ずかしくなってきてしまった。

これ以上、総司に抗議をしたところで、今更どうしようもない。

盛大にため息をつくと、彼はポンポンと美織の頭を撫でてきた。

「それより、手は大丈夫か？」

先程までの揶揄いの声は鳴りを潜め、急に深刻そうな声色に変わる。

右手のギプスに恐る恐るといった感じで触れると、総司は不安げに瞳を揺らした。

心配しているのが伝わってきて、狼狽えてしまう。

「え？　はい。痛み止めの薬を飲んだし、今は痛みはありませんよ」

だから大丈夫です、と笑って見せたのだが、彼は依然として美織の右手から手を離さない。

労るように、優しく撫でてくる。ギプスをしているために、直接彼の熱を感じたり、感触がするわけではない。

だけど、とても心配しているのは伝わってくる。

「俺の落ち度だ。悪かった」

心底落ち込んでいるのがわかり、戸惑ってしまう。

先程までの彼は、何事にも動じないといった様子だった。

少なくとも良美がいる前では、普段通りに見えたのだが……。

——弱みを見せたくなかったのかな……？

病院での彼も、どこかドッシリと構えていた。

不特定多数の人に、弱みを見せたくなかったためだったとしたら納得がいく。

大臣として、彼は常に気を張り詰めていなければならないのだろう。

弱みを見せたら最後、そこを突いてくる輩はゴロゴロしている。

だからこそ、彼は平静を装っていなければならなかったのだろうか。

「……落ち込んでいますか？」

今も尚、壊れ物にでも触れるようにギプスに覆われた右手を撫でる総司に声をかける。

すると、彼は深くため息をつきながら頷く。

「落ち込んでいる」

通常の彼なら絶対に言わないであろう素直な返事を聞いて、思わず胸がキュンとしてしまった。

それだけ今回の件について彼は落ち込んでいて、同時に憤りも感じているのだろう。

彼のせいではない。何度言っても、総司は受け入れずに自分を責め続ける。だからこそ――。

「おい、なんで笑っているんだ？」

「ふふっ」

深刻そうに意気消沈している総司を見て、笑うなんて失礼極まりないだろう。だけど、嬉しかったのだ。彼が美織に本心を曝《さら》け出してもいいと思ったからこそ、落ち込む姿を見せてくれている。

彼は美織に対し、常に距離感を持って接してきていた。

最初こそ居心地がいい距離感だと思っていたが、彼と接する時間が増えていくたびにだんだんとそれが寂しく思えていたのだ。

少しずつだけれども、彼が心を開いてくれている。自分のテリトリーの中に入れてもいいと思い始めてくれている。それが、とても嬉しくて堪らない。

「こんなのすぐに治りますよ。心配ご無用です。だから、そんなに気落ちしないでください。私は大丈夫です」

仏頂面で何やら考え込んでいる彼にニコニコとご機嫌な様子を見せると、ようやくいつも通りの彼に戻ってくれた。

「……元気な嫁で助かった」

「はい。それだけが取り柄ですから」

グッと手を握ってポーズを決めると、彼の表情が和《やわ》らいだ。

しかし、すぐに真顔に戻ると、彼は急に美織の腰に腕を回してリビングへと促してきた。

美織をソファーに座らせたあと、彼は足下に跪《ひざまず》いたのだ。

ビックリしていると、彼は美織の左手を恭《うやうや》しく持ち上げてくる。

「約束は守る」

「え？」

「美織が言ったんだろう？　責任を感じているのなら、助けてくださいって。約束は絶対に守るから」

左手に触れながら、彼はジッと見つめてくる。その真摯な瞳を見て、オタオタしてしまう。

「えっと。それは言いましたけど……」

総司があまりに責任を感じていたため、彼の心が少しでも軽くなればと思って言っただけだ。

日々を忙しく過ごしている彼の負担にはなりたくないし、なるつもりもない。

良美が手助けしてくれる予定なので、彼には特にしてもらうことはないはずだ。

真剣な表情でいる総司にそう言ったのだが、彼は首を横に振る。

「いや、約束は必ず守る。美織を助けるから」

やけに力を込めて言うものだから、その迫力に負けて頷いてしまった。

だが、それが間違いの始まりだったと気がつくのは、次の日だった。


記者に囲まれた拍子に転倒して骨折をしてしまってから、一週間が経った。

日中は良美がマンションに来て、家事をこなしてくれている。

「私一人でやれますから、座っていてください」

そんなふうに彼女に懇願されたが、それを振り切って右手を使わずにできる家事仕事は継続中だ。

さすがに水に触れることはできないので、水回りの仕事や料理は良美にお願いしている。

その間、良美は総司の子どもの頃の話をたくさんしてくれた。

小さい頃は暗がりが苦手で、一人ではトイレに行けなくて必ず一緒に行っては扉の前で待たされたとか。

飼っていた金魚一匹ずつに名前をつけるのだけど、たくさんいるから次第にわからなくなって……。

困った総司は、金魚にシールを貼ってわかるようにするんだと駄々をこねたとか。

結局シールを貼ってはダメだと怒られた彼は、すべての金魚の名前を「金ちゃん」に統一したらしい。

どうやら名前つけは失敗に終わったのだろう。

今の彼からは想像がつかないほど、かわいらしくてほっこりする。

しかし、そんな話を良美から聞いたなんて総司が知ったら、きっと彼はへそを曲げるはず。

拗ねる彼の顔を想像して噴き出してしまう。

そんな穏やかな時間を過ごした後、良美は美織の風呂の世話と着替えを手伝ってくれて帰路につく。

「新婚さんたちにあてられないうちに退散しますね」と毎回言われるのが、気恥ずかしくて仕方がない。

だが、彼女のおかげで生活ができているので、本当に助かっている。

怪我の痛みはかなり治まり、あとは患部を動かさず安静にするだけ。

しかし、まさかこんな事態に陥るなんて思ってもいなかった。

ここ最近、恥ずかしさに身悶える時間ばかりな気がする。問題の根源、それは総司だ。

彼は、早めに帰宅してくれている。恐らく仕事をセーブしているはずだ。

ありがたいが、心苦しくなってしまう。

だからこそ、通常の帰宅時間に戻して欲しいとお願いしたのだが、首を横に振られてしまった。

「俺は約束を守る主義だ。甘えベタな美織が仮とはいえ夫である俺に頼み事をしてきたんだ。それに応えるのが男というものだろう？」

もっともらしい言葉を並べて、甲斐甲斐《かいがい》しく世話をしてくれるようになったのだが……。

「あの……。できる範囲で、とお願いしたはずですけど？」

「できる範囲のことしかしていないぞ？」

真摯な目で言われても、こちらとしては困惑してしまう。

——逃げてもいいですか⁉

クールな男性だと最初こそ思っていたのに、その考えを改めなければならないほど現在の彼は豹変してしまっている。

女は煩わしいだけと公言していたはずの——そんな情報を入手していただけだが

――彼だったが、よほど今回のことに罪悪感を覚えているのだろう。

この間までの適切な距離はどこに行った？　と叫びたくなるぐらい、彼は献身的に介助をしてくれる。

そう、必要以上に手厚く看病をしてくれるのだ。

現在、朝の七時。総司は楽しそうに美織の顔を洗顔フォームで洗ったあと、優しくタオルで拭いてくれている。

右手は使えない状態ではあるが、自力で顔が洗えないわけではない。

大変ではあるが、左手だけでやろうと思えばやれる。そう訴えたのだが、それを総司は許してくれない。

「美織、ここに座って」

有無を言わさぬ笑顔で言われて渋々椅子に座ると、次から次にスキンケアをしてくれるのだ。

最初は「自分でできる！」と反論していたのだが、それを言うのも疲れてしまったため今はなされるがままになっている。

それに、楽しそうに世話を焼いてくれている彼の顔を見ると、拒否するのが申し訳なくなってくるのが解せない。

これが終わると、昨日のうちに良美が用意してくれた朝ご飯を温め直してくれる。準備してくれるのは、ありがたい。だが、問題はここからだ。

利き手は右なので箸を使うのは難しい。それを知っている総司は、自らの手で美織にご飯を食べさせようとしてくるのである。

もちろん、全力で拒否した。フォークさえ渡してくれれば、スピードは遅くても一人で食べられる。

彼に「自分でできます」と言ったのだが、聞く耳を持ってくれない。

「日中は美織を手助けできない。だから、せめて朝だけはさせてくれ」

強い眼差しで懇願されてしまったら、もう何も言えなくなってしまった。

そんな経緯もあり、今朝も彼の手によって朝ご飯を食べさせてもらっている。

「次は厚焼き卵だ。ほら、口を開けて」

「……」

「ほら」

そう言って、箸で一口大にされた厚焼き卵を口元に持ってくる。

これはどんな羞恥プレイなのだろう。こんな姿、誰にも絶対に見せられない。

なんとかすべてを食べ終わり、ようやくこの羞恥の極みな時間が終わった。

毎日のこととはいえ、かなりのエネルギーを奪われてしまう。

グッタリとしていると、彼はネクタイを結びながら聞いてくる。

「今日は病院に行くんだろう?」

「はい」

「送っていってやりたかったんだが……。悪いな」

申し訳なさそうな総司を見て、大丈夫だと笑って見せた。

「良美さんが一緒に付き添ってくれますから。気にしないでくださいね」

そうでなくても、彼は無理をして早めに帰ってきていることを知っている。

その上、通院にまで迷惑などかけられない。

ここ最近わかったのだが、総司は結構心配性だ。意外な一面を知り驚いていると、彼は急に美織に近づいてきて耳元で囁いた。

「なるべく早めに帰ってくる。だから、いい子にしていろよ」

「っ!」

視線を泳がせ、この忙しなくなっている鼓動を抑えようと必死になる。

――イヤじゃないのが、困るのよ……。

黒月に触れられたときは、あんなにイヤな思いがしたのに。

総司に触れられてもイヤじゃない。

もっと触れて欲しい。もっともっと奥の奥まで……。

ギュッと抱きしめて、と言いたくなる自分を抑えるのが大変だ。

——もしかして、これって恋なのかな。

自覚した途端、ドキッと胸が否応なしに高鳴ってしまった。

何か言わなくちゃと考えても、頭が真っ白になってしまって何も浮かんでこない。

じわじわと顔に熱が集まってきて、それをごまかすのに必死だ。

そうこうしている間に、チャイムの音が響いた。彼の秘書である小早川が迎えに来たのだろう。

「気をつけて病院に行ってこいよ。……じゃあ、行ってくる」

それだけ早口で言ったあと、彼はあっという間に出ていってしまった。

パタンと扉が閉まる音がして、ようやく息を吐き出す。

「勘弁して欲しい……」

情けない声が、リビングに響く。

現在、ここには誰もいない。静かなものだ。

だけど、真っ赤になってしまった顔を、どうしても隠したかった。

熱くなった顔を手で覆い、足をバタバタさせる。羞恥心をどうやってなくしたらいいのか、わからないからだ。

——ここ最近の私……絶対にマズイよ。

顔を覆っていた手をゆっくりと外し、ソファーの背もたれに身体を預けて盛大なため息をつく。

「初めての恋なのに……。絶対に好きになっちゃいけない人を好きになっちゃったよね……私」

誰にも聞かれてはいけない告白を吐露し、再び大きく息を吐き出して現状を嘆く。

総司を好きになるつもりなんてなかったし、好きになんてならない自信もあった。だけど、結果はこの有様だ。我が身のふがいなさを嘆きたくもなる。

相手は、いずれ別れて違う道を歩いていく人。私利私欲だけで結婚をした相手だ。

心は絶対に許してはいけない。そう思って適度な距離感で生活していたのに。

だが、今は新婚家庭だとおおっぴらに言っても恥ずかしくないほど、色々な意味で近い距離で生活をしている。

仲のいい同居相手。それぐらいの距離感でよかった。

それなのに歯車が噛み合わなくなったのは、美織が記者に追われたあのときからだ。

美織を守れず後悔している総司は、甲斐甲斐しく美織の世話をしてくれている。一気に縮まった二人の距離感に、戸惑っているのはきっと美織だけだろう。

世話を焼いてくれるたびに、彼は美織に触れてくる。だからこそ、総司を必要以上に意識してしまう。

罪悪感からだとはいえ、総司に優しくされるのが嬉しいのだ。

その感情が恋だと知り、絶望感に見舞われた。

籍を入れているとはいえ、契約で結婚した二人に未来はない。お互いの気持ちが交わるときは、一生来ないのだろう。

総司がこの結婚に乗り気になったのは、メリットがあったからだ。

彼が推進している政策がうまくいけば、彼は美織との縁を切ってくるだろう。

この気持ちは、一生隠し通さなければならない。

彼と美織は、契約の元で結婚しただけ。それだけなのだから。

今はよき同居人、友人として美織に接してくれているが、美織が総司を男性として意識していることを悟られでもしたら……。

冷たい目で見下ろされ、二度とあの笑顔を向けてくれなくなるかもしれない。そんなのは耐えられないだろう。

笑顔の総司だけを思い出に、彼の側から離れたい。お互い、笑顔で契約満了を迎えたいのだ。

菊之助には何か言われるかもしれないが、祖父は祖父でこの結婚で旨みを吸ったはず。これ以上は、当分美織に求めないだろう。

「離婚したら、海外に行こうかなぁ……」

日本にいたら、彼の姿を追うことになりそうだ。彼を思い出せないように、海外に逃げてしまうのもいいだろう。

そうすれば、菊之助の監視の目も届かなくなるはずだ。

ずっと美織を案じてくれている従兄は、台湾でツアーコンダクター会社を設立している。

そこで当分の間、ご厄介になりたいとお願いしてみようか。

何かあったらすぐに連絡をしろ、と言ってくれている彼のことだ。相談に乗ってくれるはず。

少しずつ、着々と総司から離れる準備をした方がいい。

彼から離れる。そのことを考えただけで、胸が締めつけられるほど苦しくなる。

それなのに、離婚して二度と会えなくなるなんて、耐えられるのだろうか。想像がまったくつかない。
良美が訪れるまでの間、頬に伝う涙も拭わずソファーで呆然とするしかできなかった。

8

外の空気がヒンヤリと冷たさを増す、十一月下旬。

コートが必須になってきた今日この頃。

一生結婚なんてしないだろう、そんなふうに自他ともに思っていた総司だったが、結婚して半年が経過した。

美織と結婚して菊之助のバックアップを得たため、渋っていた政治家や官僚を黙らせることに成功。

政界のドンである菊之助の鶴の一声は凄まじかった。

あれだけ頓挫しそうになっていた政策が、トントン拍子に進んだのだから。

DXしたことで、公共事業などの談合資料なども露見され、渋っていた人物たちが政界を追われていった。

DX推進政策も軌道に乗り、とりあえずの基盤は出来上がりつつある。

DXへの理解も急速に浸透し、大臣として一定の評価がされる段階までやってきていた。

ここからは第二ステージとして、よりよいシステム構築が求められていくだろう。

ここまでくれば、他の人間に長の座を譲ってもいいはずだ。

そういう現状を踏まえて考えたシナリオではあるのだが、来春には大臣を辞任できるのではないかと思っている。

ただ、それを公にできないのは、義信から内々に依頼されている経産省のデータ流出問題が片付いていないからだ。

とはいえ、足がかりはすでにあるので、敵が罠にかかるのを今か今かと手ぐすね引いて待っているところ。

あとは、辞任時期だけが決まっていない状況だ。

後任についても考えなければならないし、データ流出問題も追っている今、かなり忙しく過ごしている。

それは、総司だけでなく、美織もらしい。

家にいないこともしばしばあるようだが、それを咎めて何をしているのかと聞くのはルール違反だろう。

気にならないかと聞かれれば否と答える。

彼女が気になって仕方がなく、その上最近はどこか手持ち無沙汰に感じていた。

右手首の怪我は完治し、今はあの頃のように甲斐甲斐しく彼女の世話をしなくてもよくなった。

怪我が治ったのだから、これほど喜ばしいことはない。だけど、彼女と過ごす時間が減ってしまったのが寂しい。

彼女だが、契約結婚のパートナーとしてしっかりとその任を果たしてくれている。

この前、用事があって神代本家に行ったときだ。

そこで美織が大企業の社長夫人たちと過ごしているのを見かけた。

よくよく見れば、癖の強い面々ばかり。美織には対処ができないのでは、と思って助け出そうとしたのだが杞憂に過ぎなかった。

とりわけ厳しい夫人に嫌みを言われても笑顔でそつなく返している。それも最後には場を丸く収めてしまったのだ。

総司も苦手としている夫人が美織を気に入りご満悦で帰っていったのを見て、すごい女だと改めて美織への尊敬の念を強めた。

さすがは暁家の人間といったところだろうか。

難癖をつけてくるような人物の対処はお手の物だろう。

彼女は総司の知らないところで、家を守ってくれているのだ。

そんな彼女を労いたいなどと言えば、彼女は応じてくれるだろうか。思わず頬が緩む。

時間を摺り合わせて、二人で食事にでも出掛けよう。そんなふうに誘ってみようか。

美織は何が食べたいだろうか。総司のお気に入りの店に連れて行こうか。

携帯で店を検索していると、はたと動きを止める。

今まで彼女と二人きりで外食をしたことがなかったという事実に気がついた。

外食に行くタイミングなんていくらでもあったはず。

だけど、それをしなかったのは、他人の目に晒されることなく二人きりの時間を満喫したかったからだ。

彼女と他愛もない話をしながら、二人で作った夕ご飯を食べるのは楽しい。

宅飲みも幾度もしてきた。サブスクで観たい映画をああだこうだと言いながら探すのも楽しかった。

だからこそ、二人きりの時間を大切に過ごしてきたのだ。

改めて、この半年間を振り返ると、美織は最高の同居人だと気づかされる。

彼女といても、苦痛に感じたことは一度もないからだ。

それどころか美織と一緒にいると居心地がいいというか、心が穏やかになる自分がいた。

彼女に契約結婚を申し出て本当によかった。心からそう思える。

携帯が震え、メッセージが届いたことを知らせてきた。送信者は、美織だ。

『今晩、早く帰宅できるようでしたら、一緒に夕ご飯いかがですか？』

そんな打診メッセージだった。思わず頬が緩まる。

彼女も、このすれ違いの生活を寂しく思っていたのだろうか。

『今日は早く帰れると思う』

すぐさま返信をすると、『では、夕ご飯作って待っています』とメッセージが返ってきた。

共同生活なのだから、彼女に負担ばかりかけるわけにはいかない。

だけど、美織が作る料理はホッとできるような優しい味のものばかりで、すっかり総司は嵌まってしまっていた。

美織が作ったご飯が食べたい欲に負けて、『よろしく頼む』とメッセージを送ってしまう。

そして、追記でメッセージを送った。

『デザートを買って帰るから』

すると、美織からは『ありがとうございます』と頭を下げる犬のスタンプが。それを見て、目尻を下げる。

こうしてはいられない。さっさと作業を済ませ、一分でも早く帰宅しなければ。

急に仕事のスピードが上がった総司を見て、小早川が何か言いたげにニマニマと笑っている。

そんな視線にも負けず早々に仕事を終わらせたあと、昔から神代家が贔屓《ひいき》にしている和菓子店に寄って練り切りのセットを購入する。そして、一目散でマンションへと向かった。

「おかえりなさい、総司さん。早かったですね」

リビングに入ると、エプロン姿で菜箸を持った美織はキッチンで揚げ物をしていた。

美味しそうな香りが漂っていて、それだけで心が温かくなる。

一人暮らしを何年もしていた総司からしたら、こうして誰かが出迎えてくれること自体がありがたく感じる。

美織と暮らし始めて、最初に思ったのはそのことだった。

これからどれだけの期間、こんな時間を味わえるのかはわからない。だが、今はこの温かい空間を大事にしたいと思っている。

「ただいま、美織。着替えてきたら、すぐに手伝うから」

キッチンへと向かい、買ってきた和菓子の箱を手渡す。

「うちが贔屓にしている和菓子店の練り切りだ。初冬のラインナップが出ていたから買ってきた。あとで食べよう」

「ありがとうございます。初冬かぁ……。もう、そんな季節なんですね」

食後にいただきましょう、とその箱を受け取った美織は、総司に向かってほほ笑む。

「あとは仕上げだけですから。ゆっくり着替えてきてください」

「悪いな、ありがとう」

彼女に礼を言い、すぐさま自室に行って着替えを済ませる。

美織はああ言ってくれたが、配膳ぐらいは手伝いたい。

クローゼットを開き、ラフなルームウェアを取り出そうとする。

ふと目に飛び込んできたのは茶封筒だ。それを見た瞬間、先程まで感じていた高揚する気持ちが塞いでいく。

茶封筒の中身に視線を落とす。離婚届だ。

婚姻届を取り寄せた際に、一緒に用意しておいたものである。

そろそろ彼女との契約結婚は、終わりが近づいているのかもしれない。

総司の方も美織と結婚したことによる恩恵は受けた。そして、それは彼女側にも同じことが言えるだろう。

菊之助の欲望が一時は満たされたはず。これで少しは大人しくなっただろう。

そんな状況になったので、美織もこの結婚を終わりにしようと考え始めているかもしれない。

彼女が最近何やら忙しいのは、今後の身の振り方を考えて動いているからだろうか。

手にした離婚届をジッと見つめ、これを渡すときがそろそろ来るのかもしれないと考える。

「今までありがとう。今後は君の幸せを陰ながら祈っている」

そう言ってあげるべきなのだろう。

彼女は、普通に恋愛をして結婚ができる人だ。女性に対して冷めている総司とは違う。

菊之助が再び彼女を利用しないよう、神代家の力を使ってなんとしても美織を守り、彼女の今後の幸せを願わなければならない。だけど――。

恋なんて、結婚なんて、女なんて。そんなふうに、ずっと否定して生きてきた。

思春期の頃から、どこか女性に対して冷めていて、それはこうして大人になっても変わっていない。

女なんて、皆同じ。ステータスしか興味がない生き物。

女とは到底わかり合える存在ではないと断言していた。

だけど、美織だけは別だ。彼女とは性別を超えての関係が築けていると自負している。

初めて信頼できる女性ができた。そう思って嬉しくなっていたのは事実だ。

だが、それもそろそろ潮時だ。時期を見て離婚届を彼女に手渡すべきである。

頭ではわかっている。それなのに、その行動を取ることができない。

できるのならば、ズルズルと彼女との関係を引き延ばしたいなどと頭の片隅で思っている自分がいる。

一体、どうしてしまったというのか。

女との付き合いは淡々としたもので、それに嫌気が差した女はすぐに総司から離れていく。

それについて咎めることもなければ、縋ることもなく関係を終わらせていた。

クールすぎる態度に怒りをぶちまけられることが多々あったが、そこに良心の呵責なんてものはなかったのに……。

美織は契約結婚の相手で、お互いの利害が一致したから関係を築いた間柄だったはず。
それなのに、なぜ……？
総司は再び茶封筒に離婚届をしまい、クローゼットの奥底へと隠した。
今はまだその時ではない。そんなふうに自分に言い聞かせていることが不思議だ。
――どうして、俺はこれを彼女に渡したくないと思うのだろう……。
クローゼットの扉を閉め、そこに背中を預けて天井を仰ぐ。
キッチンから、「用意できましたよ」という美織の声が聞こえて、考えを止めた。
今夜は久しぶりに美織とゆっくりと話せる貴重な機会だ。
重苦しい話ではなく、彼女と笑い合いながら楽しく食事を取りたい。
離婚話については、またの機会でいいだろう。
「今行くから」
頭を軽く横に振り、うだうだと考えていたことを払拭する。
とりあえず今は、美織との時間を大事にしよう。
ダイニングへと向かうと、美味しそうな香りを立てる料理が並べられていた。
「うまそうだな。ありがとう、作ってくれて」

「いえいえ。さぁ、温かいうちに食べましょうよ。ビールいります？」

「ああ。自分で準備するからいい。美織もどうだ？」

冷蔵庫を開けて缶ビールを取り出しながら彼女に聞くと、少し悩んだあとに「私もいただきます」と返事が来た。

グラスを二つと缶ビールを持ってダイニングテーブルへと向かう。

グラスにビールを注ぎ入れ、乾杯をする。そして、「いただきます」と手を合わせた。

テーブルに並べられた料理の数々に目を奪われる。

キノコたっぷりの炊き込みご飯に、お吸い物。天ぷらに筑前煮。どれも熱々で、いい香りを立てている。

揚げたてのカボチャの天ぷらを食べる。サクッとした歯ごたえのあと、カボチャの甘みが口いっぱいに広がった。

「うまいな」

「本当ですか？　ありがとうございます」

頬を綻ばせる美織は、少しだけ火照っている気がした。ビールを飲んだので、赤くなってしまったのだろうか。

赤ら顔の彼女もかわいらしいな、と思った自分がいて戸惑ってしまう。

——友人だろうが、契約相手だろうが。かわいいと思えばかわいいだろう?

自分に言い訳をしていると、美織がゆっくりと箸を置いてこちらを見つめてきた。

深刻そうな表情を見て、なんだかイヤな予感がする。

すると、美織は意を決したような表情で「総司さん」と呼びかけてきた。

「私たち、そろそろ別れるべきですよね?」

「え……?」

思わず驚きの声を上げてしまいそうになる。だが、こちらの動揺を悟られたくなくて、慌てて声のトーンを下げた。

美織は総司をジッと見つめてきたあと、書類を差し出してきた。離婚届だった。

すでに美織が記載するべき箇所は記入済みで、きちんと捺印がされている。

自分だって離婚を切り出すべきだ、頃合いだなどと考えていたくせに、彼女から離婚を打診されるとは思っておらずに動揺してしまう。

唇が震える。膝の上に置いていた手はギュッと握りしめすぎて痛いほど。

ダメだ、と叫びたくなる自分がいる。

そんな資格はないのだと理性が賢明にも本心をねじ伏せた。

離婚届に視線を落としていると、美織はあくまで淡々と話しかけてくる。

「DXの基盤が出来上がったようですね。来春には、大臣を辞任するかもしれないのでしょう?」

「それをどこで……?」

そんな話は出ているし、辞任に向けて調整をしているのも確かだ。

しかし、それを誰から聞いたというのか。

疑問に思ったが、すぐにその考えを改める。彼女も総司と同じで、政財界のつてならいくらでもある。

噂が流れる時点で、ある程度の信憑性があるという証拠。それを彼女は、わかっているのだ。

「いや、いい。確かにそんな話が流れているし、美織の耳に入るのも当然か」

「ええ」

神妙な顔つきで頷く彼女を見たあと、小さく息を吐き出す。

これは、回避できそうにもない。

もうしばらく彼女との関係を続けたいと思っていた総司からすれば、彼女からの申し出を拒否したかった。

だが、契約上それはできない。この結婚は、ＤＸ推進担当大臣になっている間だけというのが当初の約束だ。

美織にしても、離婚してバツイチになれば、菊之助からの縁談攻撃を避けることができる。彼女が自由になれるのは、これからだ。

元々彼女に借りを返すため、そして境遇に同情したからこそ、契約結婚を持ちかけた。

彼女を救えた今、これ以上総司の元に留めておくのは無理なのだろう。

――留めておきたいなんて、俺が思うなんてな……。

自分の心の変化に戸惑ってしまう。心の片隅にある、なんとも言えない気持ちを押し隠す。

きっと気の合う同居人と離れるのが少し寂しいだけだ。

そんなふうにモヤモヤとした気持ちを分析するのだが、やっぱりしっくりこない。

何をそんなに憂える必要があるのだろうか。

自分の心に聞いてみるのだが、これと言った答えは導き出せなかった。

再び美織を見ると、覚悟を決めた表情でこちらを見つめている。

零れ落ちそうになるため息を無理矢理抑え込み、美織を見つめた。

「確かに……お互いが目的としていることは達成できた。これ以上、契約結婚をする必要はないのかもしれない」

「……はい」

小さく頷いたあと、美織は俯《うつむ》いてしまったために表情が見えなくなった。

だが、こうして離婚届を差し出してきたのは、覚悟が固まっている証拠だ。

それなら、彼女の願い通りにしなければならないだろう。それも、契約内容に組み込まれていたのだから。

重苦しい沈黙が落ちているダイニング。カウンターにある置き時計の秒針の音だけがやけに大きく聞こえた。

「なぁ、美織。俺と離婚して大丈夫か？」

バツイチということで、菊之助からの縁談攻撃はとりあえず鳴りを潜めるだろう。

しかし、時間稼ぎになるだけで、再婚をしろと責められる可能性はある。

だからこそ、離婚したあとのフォローはしっかり入れてあげたい。

これからのことを憂えて申し出ると、彼女は首を横に振った。

「大丈夫。総司さんの手を煩わせないようにするから」

「そんな心配をしているんじゃない。美織は、俺に甘えればいいんだ。契約の内容にそう記してあるし、美織に契約結婚を打診したときに約束しているだろう?」

「……」

「美織を暁先生から守ると言ったはずだ。それを反故にするつもりはない」

きっぱりと言い切ると、彼女は小さくほほ笑んだ。

その表情がとても儚く見えて、心臓がドキッと大きく音を立てた。

消えてしまいそうな彼女を見て、無性に胸騒ぎがする。

この細い腕を捕まえていなければ、一生彼女の姿を見られなくなってしまうのではないか。

そんな不安さえも感じられるほど、今の美織は泡のように弾けて消えてなくなってしまいそうだった。

美織は一度総司を見たあと、再び視線を落として離婚届をジッと見つめる。

「母方の従兄にあたる人なんですけど……。台湾でツアーコンダクター会社を経営しているんです。彼にお願いしたら、すぐに台湾に来いと言われました」

美織がここ最近忙しかったのは、台湾に渡るために色々と準備をしていたのだろう。

「台湾か」

「はい。さすがに国外に出てしまえば、おじい様も簡単に手出しできなくなるかと思うんです」

目の付け所はいいだろう。総司も美織に今後は国内ではなく、海外に拠点を置いた方がいいとアドバイスするつもりだった。

彼女が頼れる人物がいてよかったと安堵したのと同時に、なぜか台湾に行かせたくはないという思いに苛まれる。

総司の目の届かない場所に行ってしまったら、会えなくなってしまう。そんなふうに考えそうになる自分を叱咤する。

美織の今後の幸せを思えば、気心知れた人物のところに行った方がいい。そう自分に言い聞かせた。

「……その方がいいのかもしれないな。バツイチになった美織を、暁先生がすぐさまどうこうするとは考えられないが、念には念を入れた方がいい」

「はい、私もそう思います」

きっぱりと言い切る彼女を見て、考えに揺らぎがないのを感じ取った。

彼女が幸せになるのなら、それでいい。彼女の望む通りにしてやりたい。

一度席を立ち、自室へと行く。そして、印鑑を持ってダイニングルームへと戻ってきた。

離婚届と一緒に置かれていたボールペンに手を伸ばして必要事項を記入したあと、印鑑を押す。

あとは、区役所に提出すればすべて終了だ。

ただの紙切れ一枚。それだけなのに、サインをした途端に美織が赤の他人のように感じてしまうのはどうしてなのだろう。

沈黙を苦しく感じ、この関係にピリオドがついたことで何もかもが終わってしまったのだと思って切なくなった。

離婚届を丁寧に茶封筒の中に入れる美織を引き留めたくなる。

だが、振り切るように、総司は無理をして笑った。

「離婚届を提出するのは、もう少し待っていてくれないか。辞任が決定してからにしたいから。俺がそれを預かっていてもいいか？」

「はい」

深く頷き、美織はその茶封筒を差し出してきた。

それを受け取ったあと、総司は美織に向かって頭を下げる。

「ここまで美織には世話になったな。ありがとう」

「やめてください、総司さん」

美織は、自分の顔の前で両手を振って更に何度も首を振り続ける。

「お世話になったのは、私の方です。あのとき、総司さんが契約結婚を申し出てくれなかったら……、私はずっと暁家から逃げ出せなかったと思います」

「美織」

「こうして自由になれたのは、全部、全部……総司さんのおかげなんです」

嬉しそうにほほ笑む彼女が、なんだかとても眩しく感じた。

柄にもなくドキドキしてしまい、それを否定するように頭を振る。

「いや、俺だって美織のおかげで、なんとか政策を進めることができた」

「でも、それっておじい様の力だから。私はなんにもしていないですよ?」

付属品として役に立てたからよしとしてくださいね、なんて肩を竦めて笑う彼女だが、それだけではない。

彼女の存在に、確実に癒やされていた。それだけは本当だ。

だが、それを伝えられなかった。

潔く終わるには、余計なことは言わない方がいい。自分で気持ちのブレーキをしっかりとかける。

平静を装いながら、美織をまっすぐに見つめた。

「約束は約束だ。台湾に行ったあとも、美織をサポートしたい」

「い、いらないです。そんなの」

拒否しようとする彼女を見て、なぜだか腹立たしく思えてしまった。

完全に総司との縁を切ろうとしているのか。そんな邪念に駆られてしまったからだ。

美織は、遠慮深い人である。だからこその拒否だとわかっているのに。

「慰謝料代わりとして、受け入れて欲しい」

頑なに総司からの申し出を辞退しようとする彼女をなんとかして懐柔しようと、咄嗟に出てきた言葉だ。

こんなふうに言いたくはなかったのに、総司も意固地になっていた。

慰謝料という言葉に、美織の顔が少しだけ歪む。

それを見て後悔をしていると、彼女はキュッと唇を噛みしめた。

どこか覚悟を決めたように真摯な瞳をこちらに向けてくる。

「それじゃあ……慰謝料代わりにお願いしたいことがあります」

緊張を滲ませた彼女の声を聞いて、背筋を伸ばす。

なんでもどうぞ、と促すと、美織は涙目で懇願してきた。

「私を抱いてください」

息を呑む。聞き間違いかと思って彼女を見つめ返したが、ずっとまっすぐな視線を向けている。

その視線には冗談の類いは一切感じられない。

唖然として何も言えずにいると、彼女は視線をそらして頬を赤らめた。

「……処女なんです、私」

かすれた声だが、しっかりと彼女の言葉は耳に入ってくる。

総司の強い視線に気づいたのだろう。ゆっくりと再びこちらを見つめてきた。

彼女の顔には羞恥の色が浮かんでいて、ドキッとするほど艶やかだ。

恥ずかしそうに身じろぎをし、彼女はお願いの理由を話し出す。

「おじい様の監視が厳しくて……。恋愛なんてずっとできませんでした」

「……美織を自分の駒として結婚させようと躍起になっていたぐらいだからな」

ええ、と美織は悲しそうに頷いた。

「そんな私が、こうして総司さんと結婚しました。周りは契約結婚だなんて知らないから、本当の夫婦だと思っているはずです。もちろん……肉体関係もあると、普通なら考えるでしょう？」

「……そうだな」

お節介焼きに「早くお子さんが誕生するといいですね」などと言われたことがある。

世間一般はそんな目で見ているのだろう。

総司が頷くと、彼女は淡々と言う。

「総司さんと離婚したあと、私は誰かと恋をして再婚するかもしれません。そのとき、結婚していたのに処女である事実が相手にバレると、私に何か問題があったのではないかと疑われるかもしれませんし、詮索されるのも面倒です。だから――」

切羽詰まった表情で、彼女は再び懇願してきた。

「抱いて欲しいんです」

「美織、だが――」

落ち着かせようとしたのだが、彼女は一気に捲し立ててくる。

「このまま離婚して放り出されても困ります！」

「美織」

「お願いです、総司さん。今夜だけでいいんです。……本当の妻として抱いてくれませんか？」

あまりの必死さに、何も言えなくなってしまった。

彼女が憂えるのもわかる気がする。だが、冷静になって考え直した方がいい。

そう思う反面、彼女が望むのならそれを叶えてやりたい。

――いや、それは建前だな。

心の中で、自分自身を嘲笑う。

このまま関係が解消されれば、二度と彼女は総司の前に現れないだろう。そんな気がしてならない。

だが、美織を抱けば、彼女の記憶に総司の存在が確実に残るはず。ハジメテを捧げた男として。

彼女の記憶にだけでも、爪痕を残したいと思うのは卑怯な発想だろうか。

どうして、美織に対してこんなに必死になってしまうのだろう。

彼女と離れたぐらいで、何を困惑することがあるというのか。

異性に対して、こんな執着に似た感情を抱いた経験はない。それなのに、どうして激しい感情に振り回されなければならないのか。

わからない。何もかもがわからない。

ただ、一つだけわかっているのは、彼女の手を何かと理由をつけてでも離したくない。そう思っていることぐらいだ。

真剣さに満ちた彼女の瞳を見つめながら、立ち上がる。そして、彼女に手を差し伸べた。

「後悔しないか？」

声が震えそうになるのを、グッと堪える。どうしてこんなにも切なくなってしまうのだろう。

総司の手に、彼女は戸惑う素振りを見せずに手を重ねてきた。

キュッと握りしめられ、彼女の体温を感じる。

「後悔なんて……しません」

「美織」

「だって、私からお願いしたんですよ？　後悔なんてするはずがないんです。だから――」

彼女はこちらを見上げ、泣きそうな表情で希《こいねが》ってきた。

「抱いてください、総司さん」

＊　＊　＊

「抱いてください、総司さん」

大胆すぎるお願いだ。それに彼が応えてくれるのか。半信半疑だった。

だが、彼は「わかった」と言って、繋いでいた手を引き寄せてくる。

すっぽりと彼の腕の中に収まり、温かなぬくもりを感じた。

彼の体温をずっとずっと味わっていたい。そんなふうに思いながらも、これが最後なのだと自分に言い聞かせる。

そのまま彼の自室へと連れ込まれ、気がつけばベッドに押し倒されていた。

彼のことだ。もう一度「本当にいいのか?」と念を押してくるかもしれない。

「やっぱりやめておこう」と拒絶される可能性もある。

そんな返事に怯えていたのだが、美織を見下ろしている彼の目を見てその可能性を消した。すでに彼の欲望には火がついたようだ。

ギラつく目は確かに美織《おんな》を求めている。

彼の目を見て、もう逃げられないのだと悟った。

あんな大胆な誘いをしたくせに、心のどこかでまだ躊躇している部分がある。

それを見て見ぬふりをするように、目を閉じた。

「美織」

彼が覆い被さり、耳元で囁いてくる。

その甘くて低い声は、ドキドキしてしまうほどにセクシーだ。雄を前面に出した彼を、ずっと見たい。総司への恋心に気がついてから毎日思っていた。

願いが実現する。しかし、同時に彼との別れを意味していた。

神代総司という男性は、曲者で自信家。仕事しか頭にない、女性に冷たい最低男。調べた限りでは、そんな人物像が浮かんだ。

だけど、そう思っていたのは最初だけだ。

一度、懐に入れた人間には、とことん優しい。そんな彼の素の部分を知ってしまった。

あれだけ彼とはほどよい距離感でいようと思っていたのに、気がつけば時折見せてくれる優しさに、絆されていたなんて……。

彼は美織を、女性として好きなわけではない。ただ、任された大臣職を遂行するために結婚しただけ。

お互い、都合がいいだけの契約結婚だった。それなのに、彼に恋をしてしまった……。

このまま一緒にいても、総司は美織の気持ちに応えてはくれない。

それがわかっていて、側に居続けるなんて真似はできなかった。

彼から別れを告げられたら、泣きじゃくって縋ってしまったかもしれない。

それが怖くて、自分から別れを告げた。

でも、少しだけ希望を持っていたのは内緒だ。

もしかしたら、彼も美織と同じ気持ちでいてくれて、離婚に反対してくれるのではないか、と。

——都合がよすぎるよね。

キュッと閉じていた目から、涙が滲んできてしまう。

慌ててそれをごまかそうとしたのだが、できなかった。

彼が唇にキスをしてきたからだ。

「っ……ぁ……ん」

なんだかしょっぱく感じた。泣いていたからだろうか。

結婚披露宴のときに不意打ちで彼にキスをされたが、あのときよりも濃厚な大人なキスに翻弄されそう。

美織が初体験だと告白したからだろう。彼は労るように優しく何度もキスをしてくれる。

だが、だんだんと舌を絡めるようなキスへと変化していき、呼吸が乱れてしまう。

「ほら、鼻で息をするんだ。あとは、こうやって……唇の角度を変えたときに、呼吸をする……ああ、上手だ、美織」

離婚後、他の誰かを好きになったとき、困らないようにしてくれているのだろうか。

優しく丁寧に、教師のようにキスの仕方を教えてくれる。

総司に抱いて欲しい一心で、あんな強がり――他の誰かと恋愛などと――を言ったが、本心ではない。

もう、二度と恋なんてできないと思う。総司以上の男性なんて、見つからない。

先程は切なさで涙が滲んでいたが、今は違う理由で視界がぼやけていた。

呼吸がままならないほど濃厚なキスをされ続けて、涙目になってしまう。

それに気がついた総司は、唇で目元に触れてきた。

涙を吸い取り、「しょっぱいな」と目を細めて笑う。

「キス、気持ちいいか？　美織」

「っ！」

そんな恥ずかしいこと、言葉にできない。

一気に顔が熱くなっていくのを感じていると、彼は口角を少しだけ上げた。

「初めてのセックスだ。男と抱き合う快楽を、美織に教えてやるよ」

大人の余裕を感じる。さぞかしこういった場面に慣れているのだろう、と腹立たしく思った。

しかし、そう言った彼の表情は苦渋に歪んでいる。

どうしたのかと問いかけようとしたが、それは叶わなかった。

彼が美織の服に手をかけたからだ。

あっという間にすべてを剥ぎ取られ、生まれたままの姿になった美織を総司は熱っぽい目で見下ろしてくる。

ゾクリと背中に甘美な刺激が走るほど、彼の視線にドキドキした。

彼の視線が熱すぎて、慌てて腕で身体を隠そうとする。

そんな美織をほほ笑ましいと言わんばかりに目尻を下げて見下ろしながら、彼は着ていたロングTシャツを脱ぎ捨てた。

セクシーな裸体に目が釘付けになってしまう。

「美織、――」

彼が名前を呼び、何かを言おうとした。だが、彼は言葉を発することなく、美織の身体に触れてくる。

大きくて熱い彼の手が、余すところなく愛撫してきた。

自分では触れたことがない、見たことがない場所まで、彼の手で明かされていく。

恥ずかしさと身体の熱さで、意識が飛んでしまいそう。

もっと触れて欲しい。もし叶うのなら、二度と離れられないように繋ぎ止めて欲しい。

一瞬でも離れたくなくて、彼の首に腕を巻きつけて引き寄せる。

そして、美織からキスをした。

拙《つたな》いキスだろう。それでも美織からの気持ちを受け取ってもらいたかった。

ゆっくりと唇を離していき、今の自分の気持ちを告げる。

「総司さん……っ。気持ちいい」

「っ」

彼が息を呑んだ。その表情を見て、恥ずかしい発言をしてしまったと後悔する。

だが、彼は嬉しそうに頬を綻ばせた。

「あぁ、気持ちがいいな。人肌に包まれると気持ちいいだろう?」

優しい手つきで頬を撫でてくる。

その手の温かさに泣きたくなった。

しかし彼は、「……だがな」と低く、ひどく甘い声で忠告をしてきた。

「あんまり男を煽ると知らないぞ?」

彼は、切羽詰まった様子で愛撫をより淫らなものにしていく。

そのたびに、何度も喘ぎ、彼に縋りついた。

この夜限りで、この熱を感じられなくなる。それがわかっているからこそ、切なくて苦しい。

それでも求めてしまう。彼が欲しくて堪らない。

彼の手が、唇が、舌が。美織を高みへと押し上げていく。

その甘やかな刺激は、完全に美織の理性をなくしていった。

――これが最後なんだから。

恥ずかしさや戸惑いなど、すべて捨て去ってしまおう。

今はただ、錯覚でいいから思っていたい。

私は今、好きな人に愛されている、と。

ただ彼のリードに促されるがまま抱きしめられ、そして――熱くて切ない夜は過ぎていった。

あの夜は嘘だったかのように、日々が淡々と過ぎていく。

彼に離婚を申し出た日。総司に頼み込んで、抱いてもらった。

彼にしてみれば、同情に近い思いで美織を抱いてくれたのだろう。奉仕の精神だったはずだ。

あの日の美織は彼に対して強引だったのは否めないだろう。

すべて美織のせいにしてくれてかまわない。そう思っている。

離婚する相手と一線を越えてしまったのは、美織が可哀想だったから。それで片付けてくれればいい。

離婚届にお互いがサインをし、契約結婚の終了が決定した。

だが、まだしっかりと大臣の辞任の時期が定まっておらず、それが決まるまでは一緒に暮らしていて欲しいと総司にお願いされたのだ。

もちろん当初の契約通りそこは守るつもりだと告げると、彼はホッとしたような表情を浮かべていた。

マスコミにあらぬ疑いをかけられても面倒だと思ってのことだろう。

大臣を辞任さえすれば、そういった煩わしいものとはおさらばできる。それまでの辛抱だ。

そう思う一方で、もう少しこのままでいたいと願う自分もいた。

師走《しわす》に入り、義母に誘われて美織一人で神代家へとお邪魔した。

そこには義信も同席しており、会話の中で総司が三月に辞任することがほぼほぼ決定したと知る。

「大臣を辞任したとしても、神代ITソリューションの重役だ。なかなか大変な立場に変わりはないから助けてやってくれよ、美織さん」

と朗らかに義信がお願いをしてきた。

それに曖昧に頷きながら、ついに総司の元から離れなくてはならなくなったと落胆する。

わかっていた未来なのに、こうして現実を突きつけられると辛いものがあった。

神代の家からどんなふうに家に戻ってきたのか。ただ、頭の中は真っ白で、何も覚えていないし考えられない。

気がついたら自宅マンションのリビングに辿り着いていて、ペタンとフローリングに座り込んでいた。

バッグに入れてあった携帯が震える音を聞き、我に返る。

取り出すと、総司からのメッセージが一件届いていた。

『今晩は遅くなるから』

やはり最後の最後までツイていなかったな、と美織は苦笑いを浮かべる。

彼の顔を見ずにさようならをしなければならないのが、切なかった。

でも、これでよかったのかもしれない。もし今、総司に会ってしまったら、決心が鈍ってしまっただろう。

自分から離婚を切り出しておいて、それは虫がよすぎる話だ。

美織から離婚を申し出なかったとしても、大臣辞任が決まった今、総司から契約解除の話がされただろう。

彼から離婚を打診される前に、美織自ら切り出しておいてよかった。心からそう思う。

わかりました、とだけメッセージを送ったあと、自室に戻って便せんを取り出した。

そこには、来春大臣辞任が確定したことを聞いたと書き込み、契約結婚は今日までとして欲しいとお願いする。

離婚届は、時期が来たら提出して欲しいとも書き添えた。

彼が心配しないように、「すぐさま台湾に向かう」と嘘を書き記し、最後に自分の名前を書き終えると涙がポロポロと零れ落ちていく。

彼には離婚の申し出をしたとき、従兄がいる台湾に行くと伝えてある。だが、そんな未来は叶わなくなってしまった。

美織が離婚に向けて動いていたのが、菊之助にバレてしまっていたからだ。

どうやら美織と総司が契約結婚をしていただけで、深い関係はないと勘づかれていたのである。

菊之助はすべてお見通しで、何か動きがあれば二人を別れさせようと目論んでいたようなのだ。

そういえば、と思い出す。

菊之助は両家の顔合わせで、総司に対して何度も不貞はするなと釘を刺していた。あの発言をしつこいほどにしていたのは、総司と美織の様子を窺うためだったのかもしれない。

微妙な表情の揺れを見て双方のメリットのために縁を結んだだけだと感づき、簡単に二人が別れるだろうと予測をしていたのだ。

今まであえて放置されていたのは、そういう理由があったから。そう考えれば腑に落ちる。

なんでも美織と籍を入れたあと『暁を継いで欲しい』と総司に菊之助は頼んだらしい。

しかし、それを彼は断ったという。

その返事に不快感を示していた菊之助は、用がなくなれば総司との関係を無理矢理にでも切るつもりでいたようだ。

美織が離婚に向けて動いているという情報を得たとき、無駄な手間をかけずに済むと彼は大層喜んでいたらしい。

この情報は数日前、美織の前に急に現れた黒月から聞いたものだ。

暁家は、美織を迎え入れる準備を進めているという。

そんな横暴な真似は許されない、と断固として菊之助の考えを撥《は》ね付けようとした。

だが、それを黒月によって止められたのだ。

『もし、美織お嬢さんが従兄を頼って台湾に行った場合。彼の会社に圧力をかけるつもりだと先生はおっしゃっています』

それを聞き、結局はいつまで経っても菊之助の言いなりになるしかないのだと絶望感を味わった。

かすかな希望は黒く塗り潰されて、足には枷がはめられる。そんな現実になってしまうなんて。

結婚指輪と一緒に、この家の鍵と手紙をリビングのテーブルに置く。

彼が帰宅したとき、これを見てどう思うのだろう。

少しは悲しんでくれるだろうか。

そんなことを考えていると、次から次に思い出が脳裏に浮かんでくる。

総司と出会った日、一緒にご飯を食べて笑い合った日々、美織を優しく包み込んでくれたあの夜。

全部思い出にしなくてはいけないなんて。神様は本当に意地悪だ。

「やだ……総司さんから離れたくない。ここから、どこにも行きたくないよ……っ」

むせび泣く声は、静かなリビングに響く。だが、届いて欲しい願いは、総司には一生届かない。

「慰謝料をくれるっていうのなら……。この胸の痛みをなんとかして、総司さん」

美織の願いを叶えて抱きしめてくれたあとも、彼は何かと「力になるから」と言ってくれていた。

目に見える形での謝意を伝えたいと考えていたのだろう。でも、そんなものはいらない。

――ただ欲しいのは……貴方だけなのに。

いつまでもここにいたら、離れがたくなってしまう。

おぼつかない足取りで部屋を出て、マンションのエントランスまでやってきた。

すると、目の前に歩み寄ってきた黒月が、恭しく頭を下げる。

「お待ちしておりました、お嬢さん」

外に出ると車が横付けされており、中には菊之助が後部座席にいた。

ウィンドウがゆっくりと降りて、美織を見つけると顎で「車に乗りなさい」と促してくる。

どうしたって逃げることは叶わないのだろう。それは一生……。

重い足取りで車に近づくと、黒月が後部座席の扉を開いた。

この車に乗ったが最後、一生暁家から逃げられなくなるだろう。

「お嬢さん？」

黒月が促してきたが、それを無視して振り返る。

彼と半年以上一緒に暮らしたマンション。もう、二度とあの日々は戻ってこない。

『運命に逆らって自分で未来を切り拓いていこうとする人は、嫌いじゃない』

総司と初めて会ったときに言われた言葉だ。

今、思い出しても胸がキュンとして熱くなる。

――でも、巨大な力を前にしては無力になってしまうみたいです。

今の自分は、総司が気に入ってくれた美織ではないのだろう。

負け犬は、結局負け犬のままなのか。反発してみようかと思うものの、もうどうでもいいとさえ思い始めていた。

このまま総司の隣にいたら、彼との未来がすべて欲しいと願ってしまう。

でも、それは総司が望むものではない。彼の幸せを思うのならば、身を引くべきだ。

それこそが、彼への愛なのだと思う。

――総司と未来が築けないのなら、もうどうだっていい。

苦い気持ちを呑み込んだあと、車に乗り込んだ。

9

「おい、総司」

「……」

「総司!!」

「あぁ？」

ハッと我に返って顔を上げると、そこには小早川が呆れ返った様子でこちらを見下ろしていた。

また考え事をしていただろう、と彼の視線から無言の圧力を感じ、ばつが悪くて視線をそらす。


一月初旬、年明けすぐのDX推進担当庁のオフィスは慌ただしい。

だが、大臣室の所有者は普段の調子ではなく絶不調で、こうして小早川に何度も発破をかけられている状況である。

決して正月ボケではなく、昨年末から引きずっている〝あること〟が脳裏から離れてくれないせいだ。

取り繕うようにキーボードを打ち出すと、小早川は盛大なため息を零した。

「大丈夫か？　総司。そろそろお嬢さんのことは忘れろよ。あれからひと月が経ったんだから。いつものお前らしくもない」

「……わかってる」

「いーや、わかってない。今までの女なんて、冷たい顔してバイバイして思い出しもしなかったくせに」

鼻で笑いながら、小早川はさも当然のように言う。

現在この大臣室には、二人だけ。だからこそ、秘書の仮面を外しているのだろう。他の案件なら、黙ることなくこちらも反論をする。だが、美織に関しては、何も言えない。

苦渋の表情を浮かべるだけの総司を見て、小早川はニヤリと意味深に口角を上げた。

「女で変わる男はいるが……。まさか、総司がそのタイプだったとはな」

その通りだ。後悔している。すごく後悔しているのだ。

離婚届にどうしてサインをしてしまったのか。あの時点で、内心渋っている自分がいたのに……。

彼女が去ってから、ようやく自分の中に渦巻く感情が何かがわかった。

美織に恋をしていたのだと。

柔く温かい身体を夢中で貪った、あの夜。

恋だと気づいていなかったのに、美織が愛おしくて愛おしくて堪らなくて。

総司が与える快楽に喘ぎ善《よ》がる彼女の姿を見て、手放したくないと強く願った。

しかし、馬鹿な自分はその中に隠されていた感情に気づけずに……。

結局は彼女の手を離してしまった。

どれほど彼女の存在が自分にとって大切だったのか。

今まで出会ってきた女とはまったく違う感情を抱いていたことも、理解していなかったのだ。

美織の純潔を散らした夜。彼女に触れるたびに、幸せな気持ちが溢れ出てきて理性を保ってなどいられなかった。

華奢な身体を抱きしめ、愛していると自分の気持ちを伝えていたのなら……。

今の状況とは違う未来を歩めたのだろうか。

しかし、結果としては自分の気持ちを告げられなかった。土壇場で意地を張ってしまったからだ。

それに、彼女が新たな道を歩こうとしているのを見て、自分がそれを妨げてはいけないといい人ぶってしまった。

――いや、それは言い訳だな。

結局、怖かったのだ。美織から離婚を打診してきたということは、彼女にとってこの結婚はやはり己の利益を考えただけ。

総司に恋愛感情などは生まれることはなく、ただの契約上のパートナーだと割り切っていたという証拠でもある。

それなのに、総司が愛を乞うたとしてもいい返事がもらえるはずがない。

正直、恋だと自信を持って言える恋をしてこなかった。

だからこそ、あの切なくて苦しくて、だけど愛おしくて堪らない。そんな感情を抱くのが恋なのだとわからなかったのだ。

いい年した男なのに、初恋がまだだったなんて。きっと笑われるだろう。

それも何もかもを失ってから気がつくなんて……滑稽すぎて呆れ返っている。

彼女を抱いた夜以降、平静を装っていつも通りの関係を維持しようとしていた。

そうでもしなければ、すぐさま彼女が離れていってしまう。そう考えたからだ。

しかし、それは間違いだった。

気持ちに気がついたのなら、ダメ元でも彼女に希えばよかったのだ。

君のことが好きだから、ずっと側にいてくれないか。そんなふうに伝えるべきだった。

手放してから、初めて存在の大事さに気がつく。

よく聞く話だが、今の総司には耳が痛くなる言葉だ。まさに、その通りだから。

彼女が置き手紙をしてあのマンションを去ってから、ひと月が経過しようとしていた。

だが、依然として総司の心はぽっかりと穴が空いたままだ。

その穴を埋めることができるのは、世界広しといえど、ただ一人。美織だけだろう。

もう一度チャンスが欲しい。しかし、どの面下げて今更愛していると言えるのか。

彼女は、すでに自分の道を切り拓いて海外に飛び出したはず。

総司が彼女から預かっていた離婚届は、小早川に頼んで提出済みだ。

美織とは、赤の他人以外の何者でもない状況である。

何もかもが遅かったのだ。次から次に浮かぶ後悔の渦に巻き込まれていってしまう。

心の中で抱え込むのは、もう限界だ。

こんなに後悔に苛まれるなんて思ってもいなかった。

天井を仰ぎながら、軽く両手を上げる。

「参った。降参だ。セキュリティ・ハッカーに対峙《たいじ》しているときよりも、精神的にヤバイ」

弱り切った総司を見て、小早川は肩を震わせる。

「ハハハ。天下の神代総司にそこまで言わせる女は、あのお嬢さんしかいないな」

「まったくだ」

大きくため息をつく総司に、小早川はタブレットに触れながら肩を竦める。

「玉砕覚悟でお嬢さんに想いを告げるしかないんじゃないか？　恋愛はどこかで踏ん切りをつけないと前に進めなくなるぞ？」

「……さすがは、女たらしの言うことは言葉に重みがあるな」

「うるさいよ、総司。お前は今まで女に冷たすぎたんだ。世の中の女がすべて金とステータスだけしか目がいかないと思っているから痛い目に遭うんだ」

「……何も言えねぇなぁ」

がっくりと肩を落としていると、携帯の着信音が響いた。

どうやら、小早川の携帯のようだ。

電話に出た途端、小早川の表情が一気に険しくなる。

それを見て総司も、顔を顰めた。

口調や声の固さから、何か不穏な動きがあったのだろうと予測できる。

通話を切った小早川は、すぐさま総司の元へ来て耳打ちしてきた。

「例のトラップに、引っかかりましたよ」

「……ついに来たか」

ずっと監視していた経産省のデータベースに仕掛けたトラップ《ミラーサイト》。

そこに、侵入者が入ってきたという一報だったようだ。

各方面に策略を巡らせてトラップを仕掛けておいたのだが、ようやくそれにセキュリティ・ハッカーが引っかかったようだ。

総司たちが作り上げた罠に入り込み、必死に情報を抜き出そうとして形跡を残した。

それを聞いて、ニンマリと口角を上げる。

もちろん、中身はでっち上げだ。ダミーデータに誘導するようにトラップを仕掛けたのだが、まんまと嵌まったようである。

ダミーデータには、まったく経済特区に考えられていない土地の名前を意図的に記載しておいた。

とりあえずここ十年の間は、特に何も利用を考えられていない土地だ。

それなのに、その地域一帯をとある電気事業企業が買い占めに動き出したという。

それだけで、この企業が今回のデータ流出事件に関与していることは明らかだ。

前々から怪しい動きをしているとの情報を掴んでいたため内部捜査を依頼していたのだが、そこでようやく確固たる証拠を得ることにも成功したとの報告も入る。

この企業だけでは、経産省データベースの情報を抜き取るのは不可能だ。

となれば、必ず協力者がいる。

情報を流出したセキュリティ・ハッカー、そしてそのハッカーと企業を繋いでいる人物だ。

ようやくここまで辿《たど》り着いた。あとは、包囲網を狭めて一網打尽にしてしまえばい い。

まずは義信に報告をしたのち、動いていいか許可を得なければ。

現在、国会の真っ最中だ。そこに義信は出席しているはず。

彼の秘書である紺野に連絡をし、早急に義信と面談できるよう手はずを頼む。

火急の内容だと理解してくれ、『なんとかスケジュールを調整しておきます。こちらに向かってください』と言ってくれた。

すぐさま秘密裏に動いているホワイトハッカーチームに連絡を取り、今後の対応について指示をして車に乗り込む。

運転を小早川に頼み、その間もタブレット片手に各所に連絡をし続ける。

もうすぐ永田町に着くというタイミングで、紺野から連絡が入り、『官邸ではなく、議員会館まで来ていただきたい』と変更になった。

移動中の車内で話したいようだ。どうしてもスケジュール的に、時間を割くのが難しかったのだろう。

義信は明日にはイギリスへと飛び立つ。サミットに参加するためだ。

その準備で忙しいときだから仕方がない。少しでも時間を取ってもらえるのならありがたいぐらいだ。

紺野からの打診に了承し、行き先を変更する。

議員会館に車で乗り付け、紺野が用意している車を探す。

すると、暁菊之助の姿が視界に飛び込んできた。

今は、あまり会いたくない人物だ。

だが、残念ながら菊之助に見つかってしまったようだ。

チッと思わず舌打ちをする。

彼とは跡継ぎを総司に打診してきた時以降、二人きりで顔を合わせてはいない。

離婚をしたことは電話で伝えただけで、そのときは特に何も言われず淡々としたものだった。

だからこそ、不気味ではあったのだが……。

総司の姿を見つけた菊之助は、側にいた秘書に声をかけた。

何やら話したあと、菊之助の秘書は総司の元へとやってきて恭しく頭を下げる。

「神代大臣、お疲れ様でございます。暁先生がぜひとも大臣とお話しさせていただきたいと申しております。お時間はさほどいただきません」

いつかは対峙しなければならない相手だ。それに、美織のことも気になる。

彼女はもう、日本を発ったのだろうか。

菊之助に探りを入れれば、彼女のその後がわかるかもしれない。

腕時計で時間を確認する。紺野との約束の時間には、まだ少し余裕がある。

菊之助は総司と車の中で話したいと言っているようなので。それなら時間もかからないだろう。

わかりました、と返事をすると、秘書は菊之助がいる車の後部座席のドアを開いた。

「やぁ、元婿殿。息災のようだな」

「ご無沙汰しております、暁先生」

入りたまえ、と菊之助に言われ、総司はその隣に乗り込んだ。

秘書が扉を閉めると、車内は二人きりになる。

防音がしっかりとされた車内なので、会話が外に漏れることはない。

菊之助は前を見据えたまま、藪《やぶ》から棒に口を開いた。

「美織では、お気に召さなかったか？」

「え？」

「君が私の後釜を引き受けようとは思えなかったのは、差し出したモノが魅力的ではなかったんだろう？」

カチンときて感情のままこの老体を詰《なじ》りたくなった。

だが、それをグッと押し殺す。

ここで感情に任せても無駄だ。腹の中は極力見せないのが、良策であろう。

「美織さんは関係ありませんね。私は、根っからのSEですから。政治の世界より、パソコンに触れていた方が生きた心地がしますので」

淡々とした口調で答えると、菊之助は「青いな」と嘲笑った。

「政界での駆け引きが面白いと思えないのは、まだまだ若いという証拠だ」

クツクツと声に出して笑ったあと、菊之助は同じトーンでなんでもないように話し出す。

「あれは役立たずだと思っていたが、使えるとわかってね」

彼が言う〝あれ〟とは、美織のことなのだろう。

自分の孫に向かって、そんなふうに言うなんてと腸《はらわた》が煮えくり返る。

それに、彼女をこれからも私欲の駒として使おうとしているのか。何より――。

――美織はまだ国内にいるのか？

置き手紙には、すぐに台湾に行くと書いてあったはずだ。

だから、菊之助の手から逃げたとばかり思っていたので彼女を追うのはやめていたのだ。

輝かしい未来を歩み出した美織に、いつまでも過去《総司》が纏わりついていてはいけない。

そう思っていたのだが、彼女は歩き出していないのか。

表面上は冷静にしながらも戸惑っている総司に、菊之助はフンと鼻を鳴らす。

「あれは、私の後継者に娶らせることになった」

「は……？」

思わず声を上げてしまう。そんな総司の様子を見て、菊之助は嫌みっぽく目を眇めてくる。

「長年私を支えてくれている忠誠心ある男だ。神代が縁談を持ち込んでこなければ、その男と結婚させるつもりでいた。少し遠回りしてしまったが、収まるところに収まるということだ」

相手は美織に執着心を見せていた黒月という秘書だと悟る。

美織が総司との契約結婚に乗り出したのは、黒月が夫になるのを毛嫌いしていたからだ。

それなのに、あの男と美織は再婚させられてしまうのか。

それが本当だったとしたら、美織は今どんな心境でいるのだろう。

想像するだけで、胸が抉られたように痛くなる。

台湾に行き、菊之助の手が及ばない場所で人生を歩く。そんな彼女の願いが叶わずに終わってしまうなんて……。

「それは、美織さんの意思でしょうか？」

彼女がそんな未来を望むはずがない。だが、聞かずにはいられなかった。

彼女は、未来を諦めていない。そう思いたかった。

菊之助は、総司の言葉を聞いて嘲笑う。

「意思など関係ない。あれは、私の駒だ。あやつの両親が役に立たなかった分、あれに動いてもらわなければな」

どうしようもない怒りが込み上げてくる。

美織はこれまで、菊之助にこんなふうに言われてきたのか。

彼女の心の内を想像しただけで、胸が苦しくなる。

「今まであれの面倒を見てくれて感謝するが、これで私たちは赤の他人。今後は手を組まないでしょうなぁ」

こちらだって願い下げだ。

美織を、こんな血も涙もない祖父の側で我慢させたくはない。

血だけ繋がっている家族なんかより、総司の方が彼女を大事に思っているはずだ。

赤の他人なんて言わせない。美織は自分が守る。

膝に置いた手を、ギュッと握りしめる。そうしていなければ、菊之助に殴りかかりそうだったからだ。

そんな総司の胸中などはかりもせず、菊之助は美織を貶《おとし》め続ける。

「あれが男だったらよかったのに。女などに生まれよって！」

憤りながら言う彼に、怒りしかない。感情を押し殺し、総司は菊之助に忠告する。

「……その発言、撤回してもらってもいいですか？」

「あぁ？」

口答えしてきた総司が気に入らないのだろう。菊之助はあからさまに不機嫌な表情を浮かべた。

そんな彼に冷酷な視線を向ける。

「彼女は、アンタの駒じゃない。ろくでもない老害に心を痛めながらも、一人で立ち上がる強い女だ」

最初こそ呆気に取られていた菊之助だったが、顔を真っ赤にして怒りを露にする。

「フン。美織とお前は無関係だ。首を突っ込んでくるな！　話すことはない。出ていきなさい」

それだけ言うと、菊之助は総司を見ようともしなかった。

――アンタがそういう態度なら、こちらにだって考えがある。

一度は彼女の幸せを願って手を離してしまった。だが、もう迷わない。

美織を囲う冷たく雁字搦めな家から助け出す。そして、彼女にもう一度未来を一緒に歩いてくれないかと愛を囁きたい。

これ以上、この老害に用はない。失礼します、と車を出たときだ。

「お前も同じ穴の狢《むじな》だろう？」

菊之助に嫌みったらしく言われて、振り返ったあとに首を傾げる。

動きを止めた総司に、菊之助は視線を向けずに忌ま忌ましそうに言葉を吐く。

「美織に利用価値があると思っているのかもしれないが、私はもう神代と手を組まない。諦めてさっさと離婚届を出せ」

菊之助は外で待機していた秘書に合図を送る。

すると、秘書は「失礼いたします」と後部座席の扉を閉めると、車に乗り込みエンジンをかけて発進してしまった。

残された総司は、菊之助の言葉を思い出して眉間に皺を寄せる。

そこに車で待たせていた小早川が心配そうに駆け寄ってきた。

だが、総司の苦い顔を見て、首を捻る。

「どうしましたか、大臣」

どこで政治関係者に会うかわからない場所なので、秘書モードで話しかけてくる。

そんな小早川に、信じられないような気持ちで問いかけた。

「小早川、聞いてもいいか」

「なんでございましょう？　大臣」

「俺は既婚者か？」

総司の質問に、悪巧みが成功した様子で小早川は口角を上げる。

「何を寝ぼけたことを言っているのでしょう、大臣は。貴方が今も既婚者だと、国民の誰もが知っているはずでしょう？」

「……お前」

なんとも言えない気持ちで彼を睨みつけたのだが、小早川は涼しい顔をしている。

「あ、当事者たちだけは知らなかったですね」

クツクツと肩を震わせて笑いながら、小早川は人の悪い笑みを浮かべる。

「どうせ、こうなるってわかっていましたからね。暁家が文句を言ってくるまでは離婚届を出すのをやめておこうと思った次第です」

「あのなぁ……」

力が抜けて思わずしゃがみ込んでしまった。恨みがましい目で小早川を見上げると、小さくピースサインをしている。

「ちなみに、神代の力を使ってマスコミ各社には圧力をかけてある。だから、別居していてもスクープにならなかっただろう？」

確かにその通りだ。それに離婚したとわかれば、マスコミが騒ぎ立てるはず。それもなかった。

そんな初歩的なことに気がつかなかったのは、それだけ総司が落ち込んでいて頭が回っていなかったという証拠だ。

ハァー、と深く息を吐き出す総司に、小早川は嬉しそうに頬を緩ませる。

「総司とお嬢さんは、赤の他人じゃない。なんと言っても、今も書類上は夫婦だ」

立ち上がった総司の耳元で声を潜めて言う彼とガッチリ手を組んだ。

「サンキュー、小早川」

「どういたしまして」

グッと握り合い、お互い目を合わせて小さく笑う。

まだ美織との糸は切れていない。それが嬉しい。

願わくば……美織も同じ気持ちでいてくれたら。こんなに嬉しいことはないのに。

——確実に心も身体も繋がってみせるさ。

二人で晴れ晴れとした表情でいると、紺野がやってきて手招きをしてくる。

「全部手に入れてやる」

美織のこと、そして情報流出事件の解決。全部、片付けてやる。

いつもの曲者らしい笑みを浮かべると、小早川に指示をした。

「まずは、セキュリティ・ハッカーの逃げ道を押さえてくれ」

「畏《かしこ》まりました。では、早急に動きます」

頼んだ、と総司が言うと、小早川はすぐさま自分たちが乗ってきた車へと戻っていく。

彼の背中を見送ったあと、義信の車へと歩を進めた。

10

「もうすぐで、一月も終わりね……」

しんしんと雪が降り積もる様子を眺めながら、ため息交じりで呟く。

総司の元を去ってから、早二ヵ月が経過しようとしていた。

同時に、籍も神代から暁に元通りだ。

薄い紙切れ一枚で、人生が変わってしまう。むなしくもあり、呆気なくもある。

あれから結局暁家に留まっている状態だ。いや、軟禁と言っても過言ではないだろう。

菊之助から、「邸内から出ることを許さない」と命令されたため、美織は総司の元から去ったあの日から一歩も外に出られない状況だ。

今後の身の振り方については、今はまだ言及されていない。だが、ある程度の予想はしている。

離婚をして、すぐには法律上で再婚はできない。その期限を待ったのちに黒月と結婚させようと思っているはずだ。

仲のいい家の者にこっそりと聞いたところ、ここ最近は黒月が頻繁に暁邸を訪れて菊之助と打ち合わせをしているらしい。

会合などにも黒月を連れて行っていると聞き、地盤固めを始めたのだと知る。

着々と黒月を後継者にする準備は進み、それと同時に美織との再婚も視野に入れているだろう。

菊之助は、とても体裁を気にする。美織が再婚を早々としたと世間が知ったら、口さがなく言われるだろうことは予想される。

そんな事態になったら、菊之助が黙っているとは到底思えない。

マスコミを使って神代を扱き下ろし、美織を悲劇のヒロインに仕立て上げるつもりなのだろう。

傷心の美織を救ったのが黒月だと話を広めれば、お涙ちょうだい話に書き換えられる。そんな構想を練っているに違いない。

小さく息を吐き、美織は自室から外を見つめた。

今冬一番の寒波が押し寄せている各地で、今日も雪が舞っている。

暁邸から眺める日本庭園も、昨夜から降り続いている雪で真っ白に染め上がっていた。

総司と初めて出会ったときも、雪が積もる寒い日だったことを思い出す。

ホテルの中庭には寒椿が見頃を迎えていて、その美しさと儚さに心が震えた。

寒椿を思い出すようになったのは、ここ数日だ。

手元にある文箱を見つめる。そこには今日も真っ赤な寒椿が一輪入っていた。

これは、美織が師事している書道の先生からの届け物だ。毎日の課題とともに、この文箱が届くのである。

今年に入っても外出許可が下りないことに痺れを切らし、菊之助に直談判をしたのだ。

外出を諦める代わりに、習い事がしたい。そう訴えると、花嫁修業のおさらいになるとでも思ったのだろう。習い事の再開を許してくれた。

あまり菊之助に金銭面で頼りたくはなかったのだが、こんなふうに拘束しているのは向こうだ。

菊之助の命令を聞いている代わりなのだから、と開き直った。

華道、茶道、着付け、書道。この四つは、美織が暁家から出る前まで習っていた。

各先生に依頼して、暁邸に足を運んでもらい指導をしていただいている。

先生方にわざわざ足を運んでもらうのは申し訳ないので教室に行きたいと懇願した

のだが、それは却下されてしまった。

美織がその隙を突いて逃げ出すとでも思ったのだろう。信用がまったくないらしい。

どの先生も幼き頃から師事している方ばかりなのだが、書道だけは先生の弟子である飯田《いいだ》が見てくれることになった。

美織と同年代である彼女、飯田は朗らかで柔らかい雰囲気の人だ。

暁家にいると、若い年代の人と話す機会がない。だからこそ、彼女の来訪は楽しみだ。

なんでも神代総理大臣の妻の手ほどきをしたことがある人物らしい。

美織と神代家は繋がりがある。そう思ったからこそ、そんな話をしてくれたのだろう。

それを彼女から聞いたとき、懐かしさが込み上げてきて泣き出してしまいたくなった。

事情をなんとなく察しているのか。何も聞かずにいてくれたことがありがたかった。

彼女なりに美織を気遣ってくれたのだろう。初回の授業のとき、彼女は茶目っ気たっぷりの笑みを浮かべて言ったのだ。

『ずっとお家で暇を持て余しているのでしょう？　毎日課題をお出ししますね』

確かに暇だ。他の習い事があるとはいえ、時間は腐るほどで持て余している。ボーッと過ごすだけの日々。毎日の課題をこなす時間はたっぷりあるはずだ。やります、と返事をした美織に、飯田は毎日暁邸に課題を送ってきた。文箱に入ったそれには、飯田が書いたのであろう手本と一緒に寒椿が一輪入っている。

手本を見て書をしたためて、文箱に入れて返却するという流れだ。

最初こそ「先生の家で咲いている椿なのかな？」「文箱に入れて送ってくるなんて、平安時代の貴族みたいで風流ね」などと思っていた。

だが、毎回送られてくるのは、寒椿だ。確かに綺麗ではあるが、何か意味があるのだろうか。

不思議に思い、飯田が直接指導をするために暁邸にやってきたときに聞いたのだが……。

『うふふ、寒椿で思い出すことはないですか？』と意味深に言われ、それ以上は教えてくれなかったのだ。

ずっと考えていて、一つだけ寒椿の思い出があるのに気がついた。

それは、総司と出会った日のことだ。

寒椿が咲き誇っていた、ホテルの庭園。あの日、美織の運命がガラリと変わったのだ。

結局は元の木阿弥、振り出しに戻るになってしまったのだが、それでも総司との出会いは美織にとって大切にしたい宝物のような出来事だった。

今も彼を思い出すと、胸の奥がキュッと切なくなる。

あれから総司とは会っていない。携帯を菊之助に取り上げられてしまったので、連絡が来ているのかどうかもわからない状況だ。

彼のことだ。美織がいなくなっても、日々仕事で忙しくしているのだろう。

だけど、ほんの少しだけでいい。美織のことを思い出してくれていたら嬉しいのに。

ため息交じりで先程届いたばかりの文箱を開く。

そこにはいつものように寒椿が入っている。それを手にすると、枝に和紙を細く折ったものが結ばれていた。今まではなかったことだ。

不思議に思いながら、その文を開いてみる。そこには、飯田の流れるような綺麗な文字で一筆書かれていた。

『運命に逆らう勇気は残されているか』

読んだあと、浮かんだのは総司の顔だ。

あの日、寒椿が咲くホテルの中庭で、彼は美織に言った。

『運命に逆らって自分で未来を切り拓いていこうとする人は、嫌いじゃない』

総司はそう言って美織を慰めてくれた。あのときの気持ちが蘇ってくる。

飯田の字ではあるが、この言葉を美織に届けようとしているのは総司なのか。

毎日送られてくる寒椿。これも、総司からだとしたら……？

飯田は、神代家と懇意にしていると言っていた。だとしたら、彼女を経由して総司が文を送ってくれたのかもしれない。

愛しさに苦しくなって、涙が文に零れ落ちて染みを作る。

ポタポタといくつも斑点を作り、いつの間にかその文字が滲んできてしまう。

総司は、あんな形で別れを告げた美織を案じてくれている。

台湾に行けず、暁家で匿《かくま》われているとどこかで知ったのだろう。

それで、菊之助にバレないように美織を勇気づけてくれたのかもしれない。

離婚をし、もう赤の他人になっている。それにもかかわらず、契約結婚とはいえ元妻に気をかけてくれることが嬉しい。

心の奥底から高揚感が湧き上がってくる。

総司はここにいないのに、そっと寄り添ってくれているような気持ちになり、心が温かくなっていく。

「そうだよね。私は、今までだって戦ってきたじゃない」

状況は最悪だ。

逃げられないはずなのに、根拠のない自信が心に広がっていく。

怖いもの知らずな自分が戻ってきたようで、なんだか不敵な気分になる。

両親の死後、年を重ねるにつれて菊之助に都合のいい手駒として扱われるのだろうと気がつき始めていた。

だからこそ、彼の思い通りになんてならないと足掻いていたじゃないか。

それなのに、最後の最後で諦めてしまっていた。

総司と別れて、人生の終わりと思い込んでしまっていた自分。

しかし、まだ終わりではない。まだまだ足掻けるだろう。

総司は、そう言いたかったのかもしれない。

「もう一度……総司さんに会いたい。会って、自分の気持ちを伝えなきゃ」

このまま泣き寝入りなんて、美織には似合わないだろう。今まで、あれだけ菊之助に逆らってきたじゃないか。

数々の見合いの件もそうだが、社会に出て働きたいと訴えたとき。一人暮らしをしたいと反抗をしたとき。

数え上げればきりがないほど、菊之助に対して反発していた過去を思い出す。

運命に逆らえず負けてしまう、そんな日が来るかもしれない。

だけど、それまでは総司に再会することを夢見ていてもいいはずだ。

彼と会って告白をしても、振られるだろう。わかっているが、玉砕覚悟だ。

それでもいい。どんな運命だったとしても受け入れる。

今日の課題とともに、一筆認《したた》めた。

『最後まで諦めたくありません』

この文は、飯田から総司に渡るはず。そう信じたい。

無気力になっていた自分を奮い立たせ、美織は覚悟を決めて立ち上がる。

そんな決意を抱いた次の日、文箱の中にはいつものように寒椿が一輪、そして『迎えに行く』という文が入っていた。

＊　＊　＊

「監視がきつすぎて、抜け出せない……」

総司に会いたい。会って、自分の気持ちを伝えたい。

寒椿に結んであった文を見たその日から、美織は暁邸からの脱出を試みている。

総司からは『迎えに行く』と文で伝えられていたが、彼の手を煩わせたくない。

自力でなんとしても抜け出し、彼の元へと行きたいのだ。

だが、なかなかうまくはいかず、脱出は難航していた。

現在、菊之助は講演会のために地方に滞在していて、ここには戻ってきていない。

それを好機と定めて毎日抜け出そうと試みているのだが、すべてが失敗に終わっていた。

ここ数日の美織の様子は、菊之助の耳に入っているのだろう。

監視の人数を増やされ、警備もかなり厚くされてしまった。

動きやすい洋服はすべて奪われてしまい、美織の手元にあるのは着物ばかり。

今も着物を着させられているが、こんな格好では逃げ出そうとしても身動きが取れず失敗するだろう。

結局自室へと後戻りさせられてしまい、しゃがみ込んで天井を仰いだ。

扉の向こうでは、監視の人間が美織の動向を窺っているはず。これでは、部屋から一歩も出ることはできない。

「もう！　どうしてこうもおじい様は用心深いんだろう」

恨みがましく呟くと、誰かの声がした。

「それは、お嬢さんがすぐに逃げ出すほどのアグレッシブな女性だとわかっているからでしょう」

慌てて振り返ると、そこには表情が読めない顔をした黒月が立っていた。

なぜ、彼が美織の自室に入ってきているのだろう。警戒して、すぐさま距離を取ろうと壁際まで腰を下ろしたまま後ずさる。

黒月だけでなく、男性が美織の自室に入ったことはなかった。

菊之助が、絶対に許さなかったからだ。

変な噂を立てられて駒としての価値が下がるのを恐れていたからだろう。決して美織の身を案じてではない。

バツイチになった今でも、菊之助は美織の側には男性を近づけさせなかった。

それなのに、黒月は平然とした様子で部屋に入ってきている。

「黒月さん、出ていってください。そもそも、おじい様は許されないですよ」

何か間違いが起こっては、美織を嫁に出せない。そう考えての絶対命令だったはずだ。

ジリジリと近づいてくる黒月に牽制をしたのだが、彼は首を横に振る。

「お気遣いいただきありがとうございます。でも、大丈夫です」

「え？」

「暁先生にはお許しを得ております。……というより、先生からの命令で美織お嬢さんの部屋で監視をするように言付かっています」

「う、嘘……ですよね？」

嘘であって欲しい。だが、黒月の表情を見て、これが嘘でもはったりでもないことを悟った。

何も言えずに硬直していると、黒月はしゃがみ込んで美織と視線を合わせようとしてくる。

「美織お嬢さんとの結婚が決まりました」

「っ！」

予測してはいたが、現実に突きつけられると愕然とする。

小刻みに震える美織に、黒月は淡々とした様子で続けた。

「まだ貴女の籍は、神代のまま。現在、神代の方に早く離婚届を出すようにと圧力をかけているところです」

「え？　どうして？　私……離婚届にサインをして、総司さんに渡したはず」

戸惑って黒月を見ると、彼は不機嫌な様子で首を横に振る。

「神代総司が何を考えているのかはわかりません。ですが、美織お嬢さんが離婚届にサインをしたというのは紛れもない事実ですから」

ブツブツと何やら文句を言っている黒月だったが、美織は別のことを考えていた。

――まだ、私……神代美織のままなの？

心が高揚してきて、胸が期待でドキドキした。

どうして総司が離婚届を提出しなかったのか。その理由はわからない。

だけど、それが意図的だったとしたら……？

菊之助によって美織の運命を雁字搦めにされるであろうと予測し、離婚届を出すのをやめてくれていた可能性が高い。

離婚していなければ、美織は誰とも再婚できないからだ。

君はまだ自由のままだ。そんな総司のメッセージのように思える。

キュッと手を握りしめて総司のことを考えていると、黒月は美織を逃がさないように壁に手をついて囲い込んできた。

あまりに近い距離に、少しでも彼から離れようと身体を縮こめる。

美織の耳元に、彼は唇を寄せてきた。

「さぁ、そろそろ諦めなさい」

「黒月さん」

「私の妻になると言えば、ここから出して差し上げます」

黒月は目元を緩ませ、表情を和らげる。だが、その言葉は嘘っぽく感じた。

ギュッと唇を噛みしめながら、彼を睨みつける。

「そんなの嘘だわ！　ここじゃない、別のところにでも監禁するんでしょう!?」

食ってかかる美織を見て、彼は肩を小刻みに震わせ妖しく笑う。

「おや？　よくご存じですね、美織さん」

「……っ！」

声が出ずに固唾を呑んでいると、彼はより近づいて耳元で囁いてくる。

「でも、私は鬼ではない。軟禁ぐらいですよ」

十分、鬼である。だが、彼はそれぐらい本当にやってのけるだろう。

冗談で言っているのではないとわかっている。

昔から美織を見つめる目がどこか意味深に感じていた。彼のその視線に背筋が凍ったのは一度だけではない。

彼は虎視眈々と美織を狙っていたのか。怪しげだが、時折優しさを見せてくる黒月という人間がわからなくなる。

今は考え込んでいる暇はない。逃げ出さなくては、二度と総司に会えなくなってしまう。

——そんなのイヤ。絶対にイヤだ！

総司にもう一度会って、この胸の奥に生まれている感情を伝えたい。

伝えなくては、一生後悔する。

ここで諦めるわけにはいかない。彼が「嫌いじゃない」と言った、元々の自分に戻るのだ。

——未来を諦めない。最後の最後まで絶対に！

意表を衝き、黒月の胸元を力一杯押した。彼の体勢が崩れたのを見て、慌てて立ち上がり窓の鍵を開けてベランダへと飛び出す。

すると、すぐさま黒月は美織を追いかけて、ベランダへとやってきた。

彼に捕まったら、すべておしまいだ。美織に絶望を植え付けるために、押し倒されてしまう可能性がある。

この身体も、心も、未来も、美織には差し出したい相手がいる。目の前の男では、絶対にない。

着物の裾をさばき、ベランダの手すりに足をかける。

とにかく、黒月から離れたい。その一心だ。

そんな美織に「もう逃げられませんよ」と黒月は静かに諭してくる。

「はしたない格好はよして降りてきてください、美織お嬢さん」

「それ以上近づかないで。飛び降りるわよ！」

美織が叫ぶと、彼は左右に首を振った。

「無駄ですよ、お嬢さん。先生は、すでに私を後継者だと後援会幹部に伝えている。貴女が神代と離婚したと聞けば、後援会は美織さんの再婚相手は私だと自然と考えるようになるはず。時間の問題です」

唇をギュッと噛みしめ、黒月を睨む。

彼は、昔から要領がよかった。菊之助も、すっかり丸め込まれているのだろう。

このままでは、本当に黒月の手に落ちてしまう。

チラリと眼下を見つめる。ここから飛び降りたら、さすがに怪我をするだろうか。

真下には、芝生と背の低いツツジの木がある。だが、通常時にはないものがあった。

軽トラックだ。

今日は庭師が朝から暁邸に入り、庭の手入れをしていたのを思い出す。

荷台には、たくさんのゴミ袋がある。草などがパンパンに入ったゴミ袋だ。

あの上に飛び乗れば、うまくいけば擦り傷や打撲ぐらいで済むだろう。大怪我は避けられるはずだ。

しかし、失敗すれば痛みを伴う。それを想像して怖くなる。

だけど、黒月の言いなりになるのは、もっとイヤだ。

怪我をすれば、さすがに病院に行けるだろう。そうすれば、一時的とはいえ暁邸からも黒月からも逃れられるはずだ。

切羽詰まっていた美織は、正常時には考えもつかないようなことを脳裏に浮かべる。

美織の覚悟を感じ取ったのか。黒月が青ざめた顔で叫ぶ。

「待ちなさい！　お嬢さん」

そんな彼の声が合図だった。美織は「えいっ」と覚悟を決めて一か八かの賭けに出る。

「馬鹿が、よせ!!」

すると、黒月ではない男の人の声が聞こえた気がした。

しかし、もう身体は宙を飛んだあと。

目標をうまく定めていれば、ゴミ袋のクッションで助かるはず。

だが、思っていた衝撃は美織の身体には襲ってこなかった。

え、と驚いていると、懐かしい体温を身体中に感じる。

総司がトラックの荷台に乗り込み、美織を抱き留めてくれていた。

彼の身体に包まれたおかげで、どこにも痛みはない。

一方の彼の背中はゴミ袋に埋もれている。

「大丈夫ですか？　総司さん」

「っぅ……。あぁ、大丈夫だ」

ゴミ袋の中には草や枯れ葉がたっぷり詰め込まれている。そのため、それがクッションション代わりになって衝撃を抑えてくれたようだ。

彼に怪我はなかったようで、ホッと胸を撫で下ろすと同時に、どうして彼がここにいるのかと夢を見ているような気分になる。

「どうして、総司さんがここにいるんですか？」

何度も目を瞬いて驚く美織を、総司は力強く抱きしめてきた。

「迎えに来たんだよ、俺の奥さんを」

その腕の力を緩めながら、美織の顔を覗き込んでくる。

そして、盛大なため息をつく彼は、呆れ顔だ。

「ったく。本当に跳ねっ返りなお嬢さんだな、美織は」

「えぇ……？」

「大人しそうな見かけにだまされていると、痛い目に遭う」

「……総司さん？」

小首を傾げていると、彼は美織のおでこにキスをしてくる。

慌てておでこを両手で隠すと、彼は困ったように眉尻を下げた。

「頼むから、もう少し落ち着いて行動してくれよ。心臓がいくつあっても足りなくなる」

「えっと、あの……？」

まだこの状況を呑み込めないでいると、彼は頬にキスをしてきた。

今度は頬に手を当てて顔を赤らめる。そんな美織を見つめながら、総司は安堵した様子で続ける。

「それにしても、間に合ってよかった。俺がここにいなかったらと思うと、背筋がゾッとする」

「……」

「本当、頼むから大人しく待っていてくれよ。待てができないお嬢さんだな」

「総司さん？」

「確かに俺は、〝運命に逆らう勇気は残されているか〟と言付けたが、二階から飛び降りてまで逆らえとは言っていないぞ？」

「えっと、あの……ぅ」

「それに〝迎えに行く〟とも伝えたはずなのに。どうして待っていられないんだろうな」

厳しい表情で美織を窘《たしな》めてくる彼からは、心底心配したという感情が伝わってくる。申し訳なくなって、素直に「ごめんなさい」と謝ると、彼はまたおでこにキスをしてきた。

「わかればいい。自分を大切にしろ、美織」

「はい」

「俺のためにも、大事にしてくれ」

「っ！」

惜しみない愛情に包まれて、堪らなくなって彼に抱きついた。

ギュッと力強く抱きしめてくれ、ようやく現実に意識が戻った気がする。

すると、今になって震えが止まらなくなってしまった。あの高さから自分は飛び降りたという事実を目の当たりにし、怖くなってしまったのだ。

ふと視界に入ってきたのは、ベランダからこちらを見下ろしている黒月の驚愕した顔だ。

日頃無表情な彼がそんな顔をするほど、美織の行動に驚いたのだろう。

未だにその場を動けない様子だ。

総司は一度、ゴミ袋の山に美織を下ろし、車を飛び降りた。そして、美織に手を差し伸べてくる。

「おいで、美織」

総司の声がとても優しい。コクンと一つ頷いたあと、彼の腕の中に飛び込んだ。

ギュッと抱きしめられ、彼の体温を感じると、ようやく震えが止まっていく。

ゆっくりと彼の背中に腕を回し、美織からも彼に抱きついた。

少しだけ気持ちが落ち着いてきたので、彼に問いかける。

「あの！　聞きました。離婚届、提出していなかったんですか？」

「ああ、出していない。だから、俺たちは今も正真正銘の夫婦だ」

彼は、美織の顔を覗き込んでくる。その目はドキッとするほど真摯で、情熱的だった。

処女を散らしたあの夜を思い出し、顔が赤らんでしまう。

総司は恥ずかしがっている美織の顔をジッと見つめてくる。

「一年ほど前、美織が九回目のお見合いを潰したすぐあと、ホテルの中庭で俺が言ったことを覚えているか？」

「え？」

「運命に逆らって自分で未来を切り拓いていこうとする人は、嫌いじゃない。美織にそう伝えた」

覚えている。彼のその言葉を思い出すたび、美織の心は温かくなっていたからだ。菊之助に未来を決められて絶望しながらも、頑張っていたあの頃の自分を賞賛してくれた。それがどれほど嬉しかったか。

総司を見て頷くと、彼は真剣な口調で言った。

「あの言葉、訂正させてもらいたい」

「え？」

彼は一度美織を腕の中から解放したあと、まっすぐな視線を向けてくる。

「運命に逆らって自分で未来を切り拓いていこうとする君が好きだ」

嫌いじゃない、と最初に聞いたとき、天邪鬼な言い方だなと思っていた。だけど……。

——好きって言ってくれた……!

得も言われぬ高揚感に胸がときめく。身体が歓喜に震えてしまう。

嬉しくて涙が次から次に零れ落ちていく。それを彼が拭ってくれようとしたときだ。

黒月がこちらに向かってやってきた。総司が咄嗟に美織を庇うように立ち塞がると、黒月は顔を顰める。

「どうして、神代さんがここにいるのです。ここは、暁先生の邸宅ですよ。美織お嬢さんと離婚することが決まっている貴方が足を踏み入れていい場所ではない。早く出ていってください」

相変わらず淡々とした様子の黒月だが、どこか焦りのようなものが見える。

そんな彼に、総司は威圧的な様子で立ち向かう。

「出ていかなければならないのは、君だ。そろそろ、警察庁の人間が君を重要参考人として事情聴取依頼をしに来るはずだぞ」

一体どういう意味だろう。美織にはまったく知らされていなかった何かがあるというのか。

平静を装おうとしている黒月に対し、総司は静かに口を開く。

「暁先生と繋がりを持ちたいと考える企業はたくさんいる。その窓口は、君が担っていた。そうだろう？」

「……それが、どうしましたか？」

あくまで涼しい表情を見せていた黒月だったが、総司が口にした企業名を聞いて眉を動かす。

「聞き覚えがあるんだな、やっぱり」

「なんのことか、さっぱり……」

「まぁ、聞け。シナリオは、こうだ」

総司の口から語られた内容は、驚愕の連続だった。

菊之助を頼って近づいてきた企業は、電気事業会社だ。政府が数年後、電気事業特区を作るという噂話を聞きつけたのが、事の始まりだった。

その企業は、どうしても経済特区に参入したい。それには、入札条件を知る必要があり、ライバルより先に準備を始めたかった。

だからこそ政界のドンと呼ばれる菊之助との縁を取りつけて、少しでも有利に事を進めたいと考えたが、門前払いを食らってしまう。

意気消沈していた企業の社長に声をかけたのが、黒月だ。

『私が便宜を図って差し上げましょうか？』

企業がその言葉に食いついたのは、黒月が菊之助のバックを牛耳る陰の支配者であると噂を聞きつけたからだ。

情報提供をしてくれたらキックバックをする、という約束を取りつけ、黒月は独断で経産省の知り合いに探りを入れ始めた。

政府が電気関係の経済特区を数年後に作る。それが確実であるという情報は手に入れることができた。

だが、有利に進められるような確かな情報が得られずにいたときに、黒月に接触してきたのが、今回の一件に大きく関わることになるセキュリティ・ハッカーだ。

二人は手を組み、経産省のデータベースにバックドアを作り情報を抜き出すことに。

一回目の侵入時に、候補地リストを抜き出すことに成功。

それを企業に伝えると、かなりのキックバックを得た。

それに味をしめたのは、セキュリティ・ハッカーの方だ。二度目の侵入を試みようとしたのだ。

しかし、それは政府お抱えのホワイトハッカーにより、ミラーサイトを作られたあと。

ミラーサイトにあるダミーデータを本物だと思い込んで再び企業に情報を流したことにより、歯車が噛み合わなくなっていく。

企業はその情報を元に、土地の買い占めを行ったのだ。

高値で売れると考えたのか。もしくは、その土地を売るのを条件として自分の会社を参入させて欲しいと交渉のネタにするつもりだったのか。

しかしながら、その土地は今回の経済特区にはならない。偽情報だからだ。

その偽情報を知っているのは、データベースに入り込んだ輩だけ。

あとは、芋づる式に企業とセキュリティ・ハッカーの仲介役をしていた人物があぶり出された。それが黒月だ。

総司の話を静かに聞いていた黒月だったが、腹を抱えて笑い出した。

「憶測もいいところですね」

「憶測だと、君は助かったかもしれないな。だが、すでに企業側も雇われていたハッカーも君の名前を出している。色々と証拠も挙がってきているはずだ」

時間の問題だな、と総司は冷たく言い放ち、「でも、わからないことはある」と黒月を見つめる。

「君は本当にキックバックが欲しかったから、仲介役を引き受けたのか？」

次から次に挙げられていく証拠の数々に黒月は諦めたのか。

少しの沈黙のあと、黒月は初めて見せる表情で悲しげに笑って見せた。

「暁先生を陥れたいと思ったからですね。この仲介役は、暁菊之助がやったことにしてしまおうと動いていましたから」

まさかの返答に、目を見開いてしまう。そんな美織を見て、黒月は寂しそうに目を細めた。

「色々恨みはありますよ、あの人に対しては。汚れ仕事はすべて回ってきましたしね」

「でも……、黒月さんはおじい様の後釜を狙っていたんじゃ……？」

その質問に、彼は首を横に振る。そして、美織をジッと見つめてきた。

「狙っていませんよ、美織お嬢さん。さっさと政界を去ればいいのに、と思っていました」

「それなら、どうしておじい様からの仕事を引き受けていたんですか？」

揺るぎない覚悟を見せたその瞳に、言葉を失う。初めて、黒月の人となりを見た気がした。

彼はゆっくりと瞬きをし、美織を熱い眼差しで見つめてくる。

「貴女を暁先生から守ってあげたかった。それには、暁先生の側にいて見守るしかないでしょう」

「どういう意味――」

「権力や地位なんていらない。貴女だけが欲しかった。そう言ったら、本気にしてもらえますか？」

目を見開いて硬直していると、彼は首をフルフルと弱々しく横に振った。

「嘘です……。忘れてください」

それだけ言うと、彼は暁邸の門戸のあたりを見つめた。そこには、警察庁の人だろうか。

スーツ姿の男性が数人きているのが見えた。

彼らに視線を向けたあと、黒月はこちらに向き直る。

切なさや寂しさ、悲しさ。そんな彼の感情が痛いほど伝わってきた。

美織に伸ばそうとしたのか。一度上げたその手は力なく下ろされる。

「貴女を見ていると、妹を思い出します」

「え？」

「お元気で。お幸せに」

それだけ言うと、彼は門戸へと歩いていった。

11

経産省のデータベース不正侵入の件については、粛々と捜査がされていった。

黒月は事情聴取をされた時点で、隠し立てせずに全貌を話しているようだ。

『貴女を見ていると、妹を思い出します』という黒月の言葉が気になった総司は、そのあとすぐに彼を調査した。

結果わかったのだが、彼には義理の妹が存在していたという。

彼らの親はお互い子どもを連れて再婚したようで、血の繋がりはない。でも、兄妹はとても仲がよかったようだ。

しかし、両親が五年ほどで離婚したために引き離されてしまう。

その原因に、菊之助が関わっていたようなのだ。

当時、菊之助はとある企業との癒着を週刊誌にスクープされそうになっていた。

それを力を使ってもみ消して、世に流れるのを防ぐことに成功したようだ。

でも、その記事を書いた記者を菊之助は許さなかった。

圧力をかけ、記者を出版社から追い出したという。その記者というのが、黒月の義父だった。

このことにより夫婦間がギクシャクして、ついには離婚へと向かったようだ。仲がよかった家族を離散させた原因を作った菊之助を、黒月はずっと恨んでいたのだろう。

複雑な思いを胸に秘め、腹立たしい気持ちを抑えながら何年も菊之助に仕《つか》えた。忠誠を誓ったふりをし続け、罪を被せて裏切るつもりだったのだ。

彼にとって政界進出は目的ではなく、菊之助を陥れることだけを考えて生きてきたのだろう。

彼の義妹は後に事故で亡くなってしまったようだが、もし今も生きていたら美織と同級生だったようだ。

黒月にとって幸せの象徴であった、あの頃。それを思い出させるのは、義妹と同級生の美織の存在だったのだろうか。

常に彼からの視線を感じて不気味に思っていたのだが、彼の視線には義妹を想う兄の気持ちが込められていたのだろう。

「黒月は美織を見て自分自身とも重ねていたのではないか」と総司は言っていた。

運命に雁字搦めになって逃げ出そうとしても逃げ出せない。

美織に同情し、そして自分と同じように菊之助によって不幸にされている人間同士としてシンパシーを感じていたのではないか、と。

菊之助になんとか打ち勝とうとする美織に愛情を芽生えさせていたのではないか。

美織と結婚しようと動いていた黒月だったが、それは菊之助から美織を守るため。

自分が盾になり、美織を守っていこうと考えていたのではないか。

総司は「俺と同じ考えの男がいたということか」とどこか面白くなさそうに言っていたが、これはあくまで憶測だ。

本当のところは、黒月だけしか知らない。

その後、暁家は今回の件でずっとバタバタとしていた。

菊之助の私設秘書が今回の事件に関与していたため、菊之助はその対応に追われ続けることに。

世間では「責任を取って議員辞職を」という声が高まっていたのだが、負ける菊之助ではない。

意地でも続けると半ば執念のように政界にしがみつこうとしていた。

そんな菊之助に引導を渡したのは、総司だったようだ。

黒月にすべて責任を負わせようとする菊之助に政治家を辞めてもらいたいと悩んで

いた美織を『大丈夫、暁先生も馬鹿じゃない。きっと近いうちに勇退するから』と意味深な笑みとともに総司が宥めてくれた。

そのときには、菊之助に限って勇退するとは考えられないと総司の言葉を聞き流していたのだが……。

それから数日後、菊之助が勇退を決めたという一報が美織の元に届いた。

なんでも、菊之助の後援会会長が若手議員を後押しすることを決めてしまったというのだ。

そのため、暁菊之助後援会は事実上の解散に追い込まれてしまい、勇退という形で政界を去ることになった。

事実上の引退宣告を受けた形となったのだ。

若手議員は神代派閥の一員らしい。それを聞いたとき、すぐに脳裏に浮かんだのは総司だ。

彼が陰で動き、菊之助に引導を渡したのだろう。

だからこそ、彼は数日前に菊之助は勇退すると断言できたのだ。

彼に真相を問い質したのだが、はぐらかされてしまった。だけど、やっぱり総司が関与していたのではないかと睨んでいる。

彼は美織の憂いを晴らすため、内密に動いてくれたのだと思う。その優しさが嬉しかった。

一方の菊之助はすっかり意気消沈しており、今までのような覇気はなくなってしまった。

その上、健康診断で病気が見つかり、現在入院中だ。

これでようやく菊之助の支配下から脱することになり、晴れて自由の身となったので暁家を出てマンションで一人暮らしをする選択をしたのである。

ちなみに、マンションの持ち主はいつも力を貸してくれる従兄だ。

『これからのことを、一人になってゆっくり考えた方がいい』

そう言って、彼がオーナーを務めているマンションの一室を貸してくれたのである。

あれから季節は巡り、桜の蕾みが綻び始めて春の訪れを感じられるようになった。

そんな中、総司はDX推進担当大臣を惜しまれながら辞任。

DXの世間への浸透、そして基盤を作り上げ終えたことで、一定の評価が得られた。

「あとは次代に引き継いで欲しい」という総司からの申し出を内閣が受諾した形だ。

後任選出は前々から行っていたようで、現場に混乱は見られないらしい。

そういうところもさすがだ、と世間では総司の人気が高まっている。

国民からの人気が高いので、内閣総理大臣である義信に残留を請われたらしいのだが、彼はすっぱり辞めてしまった。

元々DXの基盤を作り終え、内密で依頼されていた経産省のデータ流出の解決が終わったら辞めてもいいという約束で引き受けたらしい。

それはもう、潔すぎるほどスッパリと切り捨ててきたと義信が嘆いていたのを耳にしている。

「これで肩の荷が下りたな」と言って総司はホッとした様子だ。

大臣を辞任して実家の神代ITソリューションに戻ったが、こちらでも忙しい日々を過ごしている様子。

そんな彼だが、二日と日を置かずに美織の前に現れている。

いや、訂正しよう。現れているなんて、かわいいものではない。

居座っている。それが正しい表現かもしれない。

「総司さん、またここで眠っている……」

自身を抱きしめて眠る彼を見て、小さく息を吐き出す。

ここは単身者向けのマンションだ。１ＤＫの部屋には、必要最低限のモノしか置くスペースはない。

独りで住むのだから、それでも十分だ。

小さめの冷蔵庫に、テーブル。ソファーだって二人掛けの大きさがあれば生活できるだろう。

ベッドだってシングルで間に合うはずなのに、あまり間に合っていない現状に頭が痛くなる。

一人が寝転ぶのに最適なベッドは、なぜかほとんど毎日大人二人で寝ている状況だ。

美織が眠るときは間違いなく一人だったので、深い眠りに入った頃に総司はベッドに潜り込んできたのだろう。

彼に合い鍵を渡したのはまずかっただろうか。今更ながらに後悔をする。

合い鍵を渡す決心をしたのは、つい先日のこと。

その日は気圧の変化が激しく、体調が悪くてグッタリとしていた。

薬を飲んで症状は軽くなってきたのだが、今度は眠気が襲ってきてしまったのである。

ウトウトしていたらチャイムの音に気づけず、そのままソファーで眠り込んでしまっていた。

三十分ぐらい眠っただろうか。体調がよくなってきたとホッとしていると、チャイムの音がして眠い目を擦りながらインターホンのディスプレイを見た。

そこに映し出された人物を見て、驚きのあまり飛び上がってしまう。

相手はこのマンションの管理人だったからだ。そして、その傍らには、総司が立っていて心配そうに眉を寄せている。

慌ててドアを開くと、管理人が安堵の息を吐き出した。

「ああ、よかった。無事だったんですね！」

どうしたのかと首を傾げると、ここまでの経緯を管理人が話してくれた。

何度チャイムを押しても妻が出てこない。妻になにかあったのかもしれないと総司が管理人に連絡をしたようだ。

オーナーである従兄の信頼できる友人である管理人は、美織の事情を知っている。

だからこそ、こうして総司が突然呼び出しても不審者扱いをされずに済んだのだろう。

何もなくてよかったですね、と管理人は朗らかにほほ笑んだ。

だが、その笑みを見て、美織は顔を引きつらせるしかできなかった。

管理人が帰ったあと、「体調が悪くて眠っていた」と総司に謝罪をしたら、ものすごい勢いで怒られてしまったのだ。

「どうして体調が悪くなった時点で連絡をしてこない！　何かあってからでは遅いんだぞ！」

彼に心配させてしまったのは申し訳なかった。だけど、美織を案じてくれているのが素直に嬉しい。

そんなことがあり、申し訳なく思った美織は「何かあったときに困るから、合い鍵をよこせ」と総司に言われて鍵を渡してしまったのである。

だが、それは少々早まったかもしれない。

美織の身体をギュッと抱きしめて眠る総司を見て、盛大にため息をつきたくなった。

身体に纏わりついている総司を揺らして声をかける。

「総司さん、おはようございます。今日のご予定は？　土曜日ですけど、会社に行かれるんじゃ？」

「おはよう、美織。ああ……会社に戻ってバグ探しを――」

美織にはわからない専門用語が会話の端々に出てくるが、それが聞きたいわけではない。

小さく息を吐き出したあと、彼の腕の中から抜け出して身体を起こす。

「総司さん。忙しいのなら、自分のマンションで眠った方がいいですよ?」

結婚が決まったとき、キャッシュで購入したマンションは今もそのまmaある。


神代ITソリューションからも近いので、わざわざ美織のマンションに来る必要はないはずだ。

そう伝えると、総司は寝起きなのに麗しい表情でほほ笑んだ。

「確かに利便性はあのマンションの方がいい。だけど、あそこには美織がいない」

「……っ」

「美織がいない空間で、俺に疲れた身体を休めろという方が間違っている。こうして
──」

総司は起き上がったと思ったら、美織をベッドに押し倒して覆い被さってくる。

「ちょ、ちょっと! 総司さん?」

顔を真っ赤にして見上げると、蠱惑的《こわくてき》な表情でこちらを見下ろす彼と目が合う。

弧を描くように細まった目。ドキッとするほどセクシーに感じた。

「美織の体温を感じて眠れば、元気になる」

そう言うと、グッと身体を近づけてきて目元にキスをしてくる。

カァッと頬が見る見る赤くなる美織を見て、総司はものすごく嬉しそうだ。

キラキラしたその魅力的な表情を至近距離で見てしまい、戸惑って顔を背ける。

菊之助に反発して総司に会いに行こうと二階のベランダから逃げ出そうとした、あの日。

総司は、美織が好きなのだと告白してくれた。だが、その返事を未だにしていないことに心苦しさを感じる。

もちろん、めちゃくちゃ嬉しかった。美織の一方的な恋だと思っていたから、喜びもひとしおだ。

美織も彼に「貴方が好きです」と告げるつもりだった。

だけど、それを止めたのは、黒月が関わっていたあの事件だ。

菊之助の私設秘書だったので、世間は暁家そのものに対しても騒ぎ立てた。それは仕方がないだろうと思っている。

逃げるように菊之助が政界を去ったこともあり、あらぬ噂も立った。

ほんの少し前までは、外を歩けないほどマスコミに張りつかれてもいたのだ。

渦中の菊之助の孫である美織が、総司の側にいてはいけない。神代家に迷惑がかかる。

そう思って、自分の気持ちを押し殺して、彼に本心を告げるのを止めたのである。

総司には、離婚届を提出して欲しいとお願いした。

しかし、結局今も神代美織のまま。総司は、未だに離婚届を出していないからだ。

「なぁ、美織。早く一緒に暮らそう?」

「そ、総司さんっ」

総司は、チュッチュッと頬に何度もキスをしてくる。

こんなふうにストレートな愛を告げるようになった総司に、今も慣れない。

女性に冷たいと有名だった彼とは思えない豹変ぶりだ。

この前、彼の秘書をしていた小早川と顔を合わせる機会があったのだが、彼も総司の変わりっぷりには驚いていた。

『人間、あんなに変われるものなんだな……』と呆れ半分で言っていたのを思い出す。

――本当、こんなに総司さんが私に対して甘くなるなんて思わなかった!

愛していると惜しみなく伝えてくる彼に、自分の気持ちを返したい。

だけど、それができる状況ではないのを悲しく思う。

彼は黙ったままの美織をキュッと抱きしめ、耳元で囁いてくる。

「そろそろ、俺の口説きに靡《なび》いてくれてもいいんじゃないか? 美織」

甘く蕩けてしまいそうな声で懇願され、思わず絆されてしまいたくなる。

「美織」

返事をしろ、と言いたいのだろう。

彼はわかっている。美織が総司を好きだと。

あとは、美織が気持ちを告げるだけ。でも、どうしてもそれを躊躇してしまう。

美織は小さく息を吐き出したあと、背けていた顔を戻して総司を見つめる。

そして、何度言ったかわからない言葉を口にした。

「……総司さんに、迷惑がかかるもの」

自分の声が泣き声だと気がついて、慌てて咳払いをする。だが、それだけではごまかし切れなかったようだ。

総司は美織の両頬を包むように触れたあと、目尻に唇を寄せてくる。

涙を吸うような仕草に、胸がキュンと締めつけられた。

「迷惑なんてかかるものか。俺は、もう普通の民間人。それどころか、政府から崇められてもいいほどの功績を残したんだ。自分が選んだ妻のことを、あれこれ外野に言われる筋合いはない」

「総司さん」

「それに、美織は暁家の者ではない。神代家の者だ。今もまだ俺の妻だからな」

きっぱりと言い切る彼からは優しさしか感じられない。

一度は止まった涙だったが、ハラハラと零れ落ちていく。

できることなら、彼の優しさに甘えてしまいたい。そう思えば思うほど、涙はますます流れていく。

涙を大きな手で拭いながら、総司は「うちに帰ろう」と美織に言い聞かせるように何度も告げてくる。

「俺の両親も。もちろん、爺さんやばあさんも。美織が戻ってくるのを、首を長くして待っているぞ？」

「……」

「というか、世間では俺たちまだ夫婦なんだぞ？　それなのに、別々に暮らしている方があれこれ言われてしまうんじゃないのか？」

確かにその通りだ。黙りこくる美織の頭を撫でながら、総司は優しくほほ笑む。

「俺たちは、家族なんだから」

家族の縁に薄かった美織にとって、彼の言葉は涙が止まらなくなるほど嬉しい。

神代家の人々は、美織にとても優しかった。美織の境遇を知って、家族の温かさを教えてくれた人たちだ。

目に滲んだ涙を拭っていると、総司は「大丈夫だ」と労るように頭を撫でてきた。

「特に美織については何も言ってこないだろう？　それは世論が美織に同情的だからだ」

総司の言う通りで、美織に対して世間は同情している様子である。

親代わりだった菊之助には愛情を注がれず淋しい幼少期を過ごした上、菊之助の私利私欲のために無理矢理利用されそうになっていた。そのことが人づてに広がったからだ。

非難するどころか「幸せになってね」と応援されているぐらいだ。

そして、マスコミに追われる美織を総司は幾度も助けてくれた。

必死に美織を守り抜こうとする、その姿を見て『不幸な姫を助け出す王子様みたいだ』と盛り上がったからというのも大きい。

彼が言うように心配する必要はないのかもしれないが、なかなか素直に彼の腕の中に飛び込めないでいる。

思いもしないほど頑固な自分に気がつき、ため息しか出てこない。

「美織」

彼の真剣な眼差しを見て慌てて身体を起こすと、彼は手を握ってくる。

「最初、美織に近づいたのは、暁菊之助の力を利用できると思っていたからだ。それは知っているだろう？」

「はい」

一方の美織は、菊之助の思い通りになりたくなくて彼と結託した。ＷＩＮ・ＷＩＮな関係だったはずだ。

正直に頷くと、彼はばつが悪そうな表情を浮かべる。

「だけど、本当はそれだけじゃなかったんだ」

「え？」

「俺と美織は以前、一度会っている。あのホテルの中庭が初めてじゃない」

記憶にない。必死に考えを巡らせるものの、やっぱり思い出せない。

答えが欲しくて救いの目を彼に向けると、「かなり昔だからな。覚えていなくても仕方がない」と苦く笑う。

「美織が中学生ぐらいのときにな」

「中学生……？」

「あれは、暁菊之助の生誕を祝う席だったと思う。そこに親父の代わりに徹夜明けの俺が出席した。そうしたら、具合が悪くなってしまって……美織に助けてもらった」

「そんなこと、ありましたか？」

どうしても思い出せない。必死に思い出そうとしている美織を見て、総司は肩を竦める。

「ああ。ロビーのソファーで蹲《うずくま》っていた俺に声をかけてくれたし、医務室への手配もしてくれた」

「あ……」

そう言えば、と記憶の片隅にあった出来事を思い出す。

出席者は自分の親世代かもっと上の人ばかりの中、若い男性がいたので特に目立っていた。

その男性が具合悪そうにしていたから声をかけたが、あれは総司だったというのか。

美織からその男性に話しかけたことが菊之助の耳に入ってしまい、『お前はいずれ暁のために嫁に出す。むやみやたらに男に近づくな』と一喝されてしまったことは覚えている。

驚いた顔で彼を見ると、幸せそうにほほ笑んだ。

「優しい女の子だと思ったよ。あの腹黒じじいの孫なんて、何かの冗談かと思った」

「冗談って」

苦笑いを浮かべると、彼は至極真面目な顔をして言い切った。

「いや、これは本気で言っている。こんな天使みたいな子が、あのじじいの孫なんてあり得ないと思ったからな」

そんな昔に彼と出会っていたのか。縁のすごさに驚いてしまう。

すると、彼は握っていた美織の手を、再び力強く握りしめてきた。

「あのときの借りを返したい。そう思ったからこそ、美織に契約結婚を持ちかけたんだ」

まさか、昔の出会いと繋がっていたことに驚きを隠せない。

目を見開いていると、総司は自身のおでこを美織のおでこにくっつけてくる。

「どう？　思い出した？」

「思い出しました……」

コクコクと頷くと、彼は目を細めてほほ笑む。

「最初は、それだけだった。それは否定しない」

「総司さん」

それは美織だって同じだ。最初は、総司との利害が一致しただけ。それだけの関係だった。だけど……。

彼はジッと美織の目を見つめてくる。その綺麗な眼差しに、胸が高鳴ってしまう。

「好きだ」

ストレートな言葉に、ときめいてしまう。もう何度も彼の口から聞いた言葉だ。

だけど、何度でも同じ。ドキドキしすぎて苦しくなる。

それを素直に受け入れたい。何度もそう思うのに、彼に手を伸ばせずにいた。

もうそろそろ無理かもしれない。彼への気持ちは溢れんばかりで、抑え切れない。

キュッと唇を噛みしめる美織に、彼は情熱的な視線を向けてきた。

「美織と一緒にいると幸せを感じる。もう、美織がいない未来なんて考えられないと思うほどだ」

熱い眼差しのまま、彼は魅惑的な唇で素直な気持ちをぶつけてくる。

「女に対して愛おしいなんて感情を持てるようになるなんて、自分でも信じられなかった。だけど、事実だ」

「総司さん」

「一生を過ごす相手は、美織がいい。美織しか考えられない。君が俺に愛するという感情を教えてくれたんだ」

もう一度、考えて欲しい。甘い声で、彼は懇願してくる。

「俺のこと、今も利害が一致しただけの契約相手だと思っているか？」

思ってなどいない。契約結婚だと忘れてしまうほど、彼が好きになってしまった。

契約ではなければいいのに。愛し愛されて結婚できた恋人同士だったら、どんなによかっただろう。

そんなふうに何度も考えた。

首を横に振ると、彼は乱れて目にかかっていた髪をかき上げてくれる。

視界がクリアになり、彼はジッと目を見つめてきた。

「美織も俺を愛おしいと思ってくれているだろう？」

言い逃れなんてできない。いや、したくない。

涙で滲む視界に、彼が映った。もう、自分の気持ちを曝け出したい。本当のことが言いたい。

「言えよ、美織。俺が好きだって」

さすがは女性にモテる、総司の言葉だ。気障《きざ》なのに、悔しいほどよく似合う。

好き。大好き。そんな言葉をずっとずっと彼に伝えたかった。

今なら言ってもいいだろうか。手を伸ばしても、いいだろうか。

再び、彼のお嫁さんになってもいいだろうか。

意固地な美織だが、今は素直になるべきだ。もう二度と、彼の手を離したくはないのなら、絶対に。

ギュッと手を握りしめ、彼を見上げる。

「好きです、総司さん。ご迷惑をおかけするかもしれませんが、一緒にいてもいいですか?」

勇気を振り絞って出した言葉。緊張で声が震えてしまった。

彼からどんな返事が来るのか。心臓が破裂しそうなほど緊張して待っていたのだが、なかなか返事がない。

総司さん? と声をかけようとした瞬間、彼の表情がゆっくりと花が咲いたように綻んでいく。

その綺麗な笑みに見惚れていると、彼は美織を力強く抱きしめてきた。

「ありがとう、美織」

彼の声が少しだけ鼻声に聞こえて、胸がキュンとする。

美織は彼の背中に腕を回しながら、総司にお願いをした。

「初めから、やり直しませんか?」

契約結婚でも、政略結婚でもない。まずは、甘い新婚生活を送りたい。

「大好きです、総司さん」

ずっと言えなかった気持ちを一度吐き出したら、何度でも言いたくなってしまう。何度も何度も愛を囁くと、総司はキスをどんどんと深く情熱的なものへと変化させていく。

「そんなに俺を煽ると、知らないぞ？」

「え？」

「このまま美織を明日の朝まで離さないから」

有無を言わせないとばかりににっこりとほほ笑んだあと、彼は携帯に手を伸ばした。

「今日はもう会社に行かない。バグはあとで俺が見ておく」とだけ言うと通話を切ってしまう。

そんな総司を唖然と見つめていた美織だったが、彼が発した意味深な言葉をようやく理解して慌てる。

「え？　明日の朝って、丸一日ってこと――」

最後まで驚きの声を発することができなかったのは、総司に蕩けてしまうようなキスを仕掛けられてしまったから。

次第に深まるキスの連続に恐れをなしながら、このままでは本当に一日中彼からの愛撫を受けることになるかもしれない。

一日中なんてとてもではないが、無理だ。絶対に彼を止めなくては。

「あ、あの！　総司さん」

絶え間なくキスをしようとしてくる彼の両頬に手を添えて、キスを阻《はば》む。

急に止められた彼は不機嫌な様子で、「どうした？」と眉間に皺を寄せている。

そんな彼を宥めるように、美織はわざとらしく笑う。

「えっと、あの。お仕事は本当に大丈夫ですか？」

「ん？　さっき聞いていただろう？　きちんと会社には連絡をしておいたから大丈夫」

確かに連絡は入れていたが、電話口の社員――おそらく小早川――はそもそもＯＫの返事をしていただろうか。

向こうが言葉を発する前に、一方的に総司が通話を切っていたように見えたが……？

ジトッとした目で見つめ返すと、総司は不貞腐れながら美織の髪を一房掴んで弄《もてあそ》んでくる。

「今日は土曜日。基本うちの会社は休みだぞ？」

「そうかも……しれませんけど」

確かにその通りだ。口ごもると、彼は意地悪な顔つきになる。

「常日頃は休日出勤までして身を粉にして働いているんだぞ？　たまに休みを取ったとしても誰かに文句を言われる筋合いはない。めちゃくちゃ頑張っているのに、そんな冷たいこと言うのか？　美織は」

「うっ……」

視線を泳がせる美織を見て、総司は好機は逃さないとばかりに畳みかけてくる。

「ようやく美織を口説き落とせたのに。仕事に行けだなんて。酷いな」

そう言われると辛い。でも、一日中はさすがにダメだろう。

彼を諭して考えを改めてもらおうとしたときだ。

総司の携帯がメッセージの着信を知らせてきた。

渋々といった様子で身体を起こした総司は、携帯を手に取りメッセージアプリを確認し始めた。

だが、すぐに妖しげに口角を上げる。

「俺の友人はわかっているな」

「え？」

総司が携帯のディスプレイを見せてくる。総司の盟友である小早川からのメッセージが綴られていた。

『ようやくお嬢さんを口説き落とせたか。めでたいな。わかった。バグは俺がやっておく。(貸しだからな)めいっぱいお嬢さんをかわいがってやれよ』

などと総司を後押しするようなことが書かれているではないか。

なんだかこんな状況になっているのを、小早川に悟られているのが恥ずかしくて堪らない。

顔を真っ赤に染め上げていると、ピコンという音とともに小早川から再びメッセージが届いた。

『追伸　明日も休め。以上』

そのメッセージを見て、思わず顔を引きつらせてしまった。要するに……。

総司は携帯のディスプレイを確認し、フフッと声に出して笑った。

「これで日曜日もイチャイチャできるってことだな」

「イチャイチャ……」

それで思い出す。怪我をしたとき、良美に『新婚なのだからイチャイチャするのは当然だ』と主張されたことをだ。

チラリと総司を見上げる。彼にようやく飛び込む勇気が持てて、浮かれているのは確かだ。

それに、イチャイチャするのも……別にイヤではない。むしろしたいぐらいだ。

視線を彼からそらして、指でシーツを弄りながら彼にお願いをする。

「抱き潰されたくないけど……。イチャイチャはしたいです」

言っていて恥ずかしくなったが、これは本心だ。でも、彼はどう思っただろう。

チラリと彼に再び視線を送ると、なぜか顔を両手で隠している彼がいた。

それも手で隠し切れなかった部分は、真っ赤になっている。

そんな彼は、指の隙間から美織を見つめてくる。

「美織ってさ。本当、びっくり箱みたいな女だよな」

「え?」

どうしてそんなことを言われるのか。よくわからなくて首を傾げていると、気がついたらベッドに背がついていた。

総司は美織を組み敷きながら、唇を魅惑的に動かし欲望をチラつかせてくる。

「大和撫子みたいに楚々《そそ》としているかと思ったら、曲者夫人たちをうまくあしらったり。一日中抱くって言ったらオロオロして逃げだそうとしたのに、今度は俺を翻弄するようなことを唐突に言ってきたりさ。本当美織といると楽しくて仕方がない」

彼の綺麗な目が細まる。そのセクシーな表情に釘付けになってしまった。

早鐘が鳴るように心臓がドキドキしてしまう。

彼は覆い被さってきて、美織の耳元で囁く。

「優しくかわいがるから……。二日間、恋人みたいな時間を過ごさないか？」

驚いて目を丸くすると、彼は身体を起こして再び見下ろしてくる。

「イチャイチャ時間も取りますから、抱く時間もたくさんください」

「ふふっ、どうしていきなり敬語なんですか？」

「一応、お伺いを立てないとな」

なんだかおかしくなって二人で見つめ合いながら噴き出してしまった。

クスクスと笑って、子猫がじゃれるように抱きしめ合う。

ひとしきり笑ったあと、美織は彼の頭を引き寄せて耳元で囁いた。

「総司さんと愛し合いたいです」

「お望みのままに」

「でも、お手柔らかにお願いします」

「…………了解」

「なんですか？　その微妙な間は」

「さぁ、なんだろうな？」

総司の表情が一気に蠱惑的なものへと変化する。

美織に触れてくる手が優しさから淫らなものになり、美織の身体に触れてきた。

身につけていたパジャマや下着が次から次にベッドの下へと落ちていく。

そして、総司も着ていた物すべてを脱ぎ捨てた。

「美織」

低くて甘くて、そしてセクシーな声。彼のこんな声をずっとずっと聞きたかった。

彼に手を伸ばしてキュッと抱きつく。

彼のぬくもりを感じると、あの二月の寒い日を思い出す。

寒椿が咲き誇っているホテルの庭園で、冷え切っていた美織に自分が着ていたコートを貸してくれた。

あのぬくもりと彼のコロンの香り。それは、あの日と同じだと鼻の奥がツンと痛くなる。

「愛している、美織。もう二度と――」

離さない。そう耳元で囁いたあと、彼は優しく抱きしめてくる。

何度もキスをして、ハグをして。

耳が蕩けてしまいそうなほど甘い声で「愛している」と囁いてくる。

「綺麗だ……」

美織の生まれたままの姿を見下ろしてウットリとした表情で彼は言うが、同じように何もかもを脱ぎ捨てて裸体になった総司こそ綺麗だと思う。

美織が見惚れていると、彼は我慢できない様子で美織の身体を余すことなく大きな手で触れていく。

そのたびに身体を快感でひくつかせてしまい、恥ずかしくて堪らなくなる。

ひっきりなしに甘い喘ぎ声を上げてしまう美織に「もっとかわいく啼《な》いて」とお願いをしてくる総司はちょっぴり意地悪だ。

「や、やだ……。恥ずかしいもの」

イヤイヤと首を緩く振るのだが、身体は正直だ。火照った身体は、彼の愛撫を待ち望んでいる。

彼の手が離れただけで、寂しくて仕方がない。結局、もっとして欲しいとお願いしてしまう。

そんな美織を愛おしそうに見つめる総司は、男の色気たっぷりだ。

「かわいい姿、もっと見せて……」

懇願するように彼に耳元で囁かれただけで、その願いを聞きたくなってしまうほど。

コクリと躊躇いがちに頷いたあと、総司の頬に手を伸ばす。

「じゃあ、総司さんも私にだけ特別な貴方を見せて欲しいです」

独占欲を滲ませて言うと、彼は嬉しそうに目尻を下げた。

「本当にかわいいな、美織は」

「え？」

「かわいくて、かわいくて……。食べてしまいたいぐらいだ」

そう言うと、彼の愛撫は激しさを増して、本当に食べられてしまうかもと心配になるほどかわいがられてしまう。

身体を反らして快がる美織に、彼はもっともっとと快楽を教え込んでくる。

とろとろになった身体を密着させ何度も高みへと誘われた。

もうダメッ！　と言いながらも、心と身体は彼を求め続ける。

もちろん、それは総司も一緒だ。

「もっと愛したいんだ……美織」

切なく懇願され、彼の気持ちに寄り添う。

「私も……いっぱい愛したいです」

お互いを抱きしめ合い、今まで伝えられなかった気持ちをぶつけていく。

終わりなんてなくてもいいと思うほど……。

結局、美織は丸々二日、総司の腕の中に閉じ込められて甘い夢を見続けることになったのだ。

エピローグ

「確かに、言いましたけど……」

「ああ。俺はこの耳ではっきり聞いたからな」

してやったりと笑う総司を見て、彼を甘く見ていた自分にため息をつく。

彼に好きだと正直に告げる勇気を持ったあの日、彼はこれでもかというほど美織に愛を囁き抱きしめてくれた。

身体中で彼の愛を受け止めることができ、幸せすぎてもうどうなってもいい。そんなふうに思ったのは、まだ春とはいえ薄手のコートが必要だった頃。

今ではすでに桜の花は散り、新緑が眩しい季節に移り変わっていた。

総司と結婚式を挙げたのが、昨年五月。

あれから一年が経とうとしている。

美織が決心して総司に想いを告げたあとすぐ、従兄に借りていたマンションを引き払って総司と暮らしていたマンションに戻ることに。

その手続きや手配はすべて総司が行ってくれたのだが、それはもう目を見張るほどの速さだった。

引っ越してこんなに早く済むものなの？　と不思議に思うほどの速さだった。

彼曰く『美織の気持ちが変わらないうちに、閉じ込める』なんて言っていたが、そんな心配をする必要はないのに。

あまりに真剣に言うから笑ってしまった。そんな美織をジトッとした目で彼は見つめてきたのだ。

『美織は見た目は大人しそうだけど、一度吹っ切れると何をしでかすかわからないから』

なんだかとても言葉に重みがあった。彼にそんな思いを抱かせてしまったのは、今までしでかした数々の美織の行動のせいだ。

申し訳なく思いながらも、どこかで嬉しく感じてしまっているのは彼には内緒だ。

最初こそ利害の一致だけ、ほどよい距離感を保てる契約者同士だった二人。

それなのに愛し合う夫婦になるなんて、一年前には思いもしなかった。

この一年、色々な出来事があったが、こうして彼と一緒にいられる今が愛おしくて仕方がない。

そんな中、結婚記念日が近づくにつれ、どんな一日にしようかと美織はワクワクしていた。

いつも色々と総司がしてくれるので、今回ばかりは美織から彼に何かしてあげたいと思っていたのだ。

ＯＬ時代に貯めたお金を使って、記念に残るようなプレゼントを贈るのもいい。レストランに行って、二人でデートをするのはどうだろう。自宅マンションで豪華な食事を作り、二人きりで過ごすのも悪くない。楽しみすぎてニヤニヤしてしまう。

彼には『結婚記念日当日じゃなくてもいいから、お祝いをしたい』と伝えた。総司は神代ＩＴソリューションの凄腕エンジニア兼会社の重役である。忙しい身の上だということは、百も承知だ。

だから、彼が当日スケジュールを空けられなくても罪悪感を抱えないように、伝えたのだが……。

「……海外、初めて来た」

目の前に広がるのは、キラキラと水面が輝く海。そこには水上コテージが軒を連ねている。

ここは、日本から飛行機で乗り継いで十数時間の場所にある、リゾート地だ。

まさか、結婚記念日の前日に『記念すべき一周年だ。ちょうどいいから、初めからやり直そう』そんなふうに総司が宣言し、すぐさま機上の人になるとは夢にも思わなかった。

何も知らされていない状況、それも身一つで飛行機に乗せられた美織としては、何がなんだかわからず呆然とするのは仕方がないだろう。

「ねぇ、総司さん。私、そういう意味であのとき言ったんじゃないんですよ？」

初めから、やり直しませんか？　と確かに美織は彼に言った。それは間違いない。だけど、それは気持ちの上でのこと。契約としての関係ではなく、普通の夫婦として歩み始めませんか。そういう意味で言ったのだが……。

困惑気味で彼を見つめると、「わかっている」と声に出してクスクスと楽しげに笑う。

「美織が言いたいことはわかっているし、あのときの言葉の意味も理解しているつもりだ」

「それなら――」

苦言を呈しようとすると、彼は少し拗ねたように美織を見下ろしてきた。

「いくら政略結婚だったとはいえ、結婚式なんて何もかも人任せだっただろう？」

「はい」

確かにその通りだ。お互いの家が面子をかけて結婚式の準備をしただけで、当人たちは何もやっていない。

白無垢もドレスも、会場や引き出物なども自分たちの意見はほとんど入っていなかった。

小さく頷くと、彼はポンポンと美織の頭に触れてくる。

「だから、まずは結婚式からやり直したいと思っていた。今から二人だけで結婚式をするぞ？　美織、本当はそういう式がしたかったんだろう？」

「どうして知っているんですか？」

美織の昔からの夢は、大好きな人と二人きりで挙式をしたいということだった。

両親がいない美織にとって、家族と呼べる人は菊之助と母方の祖父母だけだ。

だが、そんな彼らは美織をかわいがってはくれなかった。

結婚する夫はずっと切望していた家族になる。家族愛に飢えていた美織にとって、ようやく家族ができるのだ。

大好きな人と二人きり、綺麗な海辺のリゾートで真っ白なウェディングドレスを着たい。

そんなふうに思っていたのは、確かだ。だけど、どうしてそれを総司が知っているのだろう。

不思議に思って聞くと、彼は胸を張る。

「愛のなせるわざだな」

「嘘つき」

「バレたか」

ハハハと声に出して笑いながら、「美織をよく知っている人物に聞いた」と種明かしをしてくれた。

「美織の従兄、彼に聞いた。真っ白なワンピースを着て、クルクル回りながら言っていたんだろう？　結婚式は海の見えるところでしたい。真っ白なウェディングドレスを着たいって」

「それって、私が中学校に上がる前の話ですよ？」

「ん？　でも、夢はずっと持ち続けていただろう？」

確かにその通りだが、どうしてこうも自信満々なのだろう。

不思議に思って首を傾げたあと、彼の答えを聞いて顔が熱くなる。

「美織、引っ越しのときに結婚情報誌を持ち込んでいただろう？　この水上コテージがあるホテルのページや、ウェディングドレスのページに付箋がしてあった」

「み、見たんですか!?」

引っ越しのときに捨てようと思っていたのだが、すっかり忘れてマンションに持ち込んでいたようだ。それを彼がめざとく見つけていたのだろう。

恥ずかしい、と真っ赤になった頬を両手で隠していると、彼は「恥ずかしいもんか」とクシャクシャと髪を乱しながら頭を撫でてくる。

「かわいい妻の願い、俺に叶えさせてくれよ」

「総司さん」

「俺たちは愛する夫婦として、スタートラインに立ったばかりだ。今までできなかった妻孝行、たっぷりさせてくれ」

蕩けてしまいそうなほど甘くほほ笑む彼を見て、嬉しくて泣いてしまいそうだ。

彼と一緒になってから、笑顔が増えた気がする。もちろん、幸せすぎるからこそ溢れ出る笑みだ。

「俺はもっと美織に笑って欲しい。まずは、世界で一番綺麗な花嫁姿を見せてくれ。白無垢姿の美織も清楚で素敵だったけど、真っ白なウェディングドレスも絶対に似合うはずだ」

さぁ、行こう。総司は美織に手を差し出してくる。その手に自分の手を乗せて、彼に満面の笑みを向けた。

式ができるように何もかもをセッティングしてくれていて、あとは衣装に着替えてヘアメイクをするだけ。

フィッティングルームにあったのは、まさに美織が雑誌を見て気に入っていたドレスだった。総司が用意してくれていたのだろう。

「……総司さん、お仕事すごく忙しそうだったのに」

そう言う美織も忙しい毎日を過ごしていた。

彼と一緒に歩むと決意したときから、神代家の一員として家を支えるべく義母について色々と学んでいたからだ。

そんな日々だったので、陰で総司がこんなサプライズを準備していたなんて気づきもしなかった。

美織を喜ばせようと準備を進めてくれていたことが嬉しくて仕方がない。感動してしまう。

準備が整った美織が式場の扉を開くと、見渡す限りの大海原が見える。

ガラス張りの式場は、百八十度ブルー一色だ。

その光景に目を奪われていると、総司が真っ白なフロックコート姿で声をかけてきた。

「美織、綺麗だ」

「総司さんも、素敵です」

男の色気が半端ない。こんな姿を他の女性が見たら、絶対に顔を赤らめて羨望の眼差しを向けただろう。

それを想像したら、なんだかヤキモチを焼いてしまいそうになった。

二人きりでよかった、と胸を撫で下ろす。

「さぁ、二人で始めよう」

「はい」

彼の手を取り、二人でバージンロードを歩く。そして、永遠の愛を神父の前で誓った。

日はだんだんと陰っていき、夕焼けで海が赤く染まっていく。

式を終えた二人は、正装のまま今夜泊まるコテージへと向かった。

かなり広い室内からは、凪《な》いだ海が見える。そのまま飛び込んで泳げるほど海は近く、ゆっくりと日が沈んでいく光景は、感激で言葉がなくなるぐらい綺麗だった。

ハネムーンということで、部屋のあちこちはかわいらしく花で飾られている。

天蓋付きのベッドには、真っ白なバスタオルで作られた二羽の白鳥がキスをしていて、その周りにはバラの花びらがまかれていた。それもハート型だ。

「初夜だな」

彼に背後から抱きしめられ、ドキドキが止まらなくなる。

すでに何度も彼に抱かれているけれど、いつも心臓が破裂してしまうのではないかと心配になるほど胸が大きな音を立ててしまう。

初めからやり直す。結婚式を終えた二人が、次にやり直すのは初夜。

一年前の挙式後は、そんな甘い夜は二人に訪れなかった。契約で結ばれた二人だから当然といえば当然だ。

そう思うと、これが本当の意味での初夜になる。心臓が高鳴りすぎてどうにかなってしまいそうだ。

「緊張している?」

ものすごくしている。素直に頷くと、総司は「俺も」と苦笑した。

「だけど、早く美織を抱きたくて仕方がない」

「総司さん」

「美織、いい？」

耳元で甘く囁いてくる。彼の顔を見て返事をするのは恥ずかしすぎて、背を向けたまま頷いた。

美織はウェディングドレスを着ている。脱ぎたいとお願いしたのだが、彼はそのままベッドに押し倒してきた。

その反動で、ふわりとバラの花びらが舞い上がった。

美織を見下ろしてくる彼の目が、愛しているという感情を伝えてくる。

口で愛を語られるより、瞳の方がおしゃべりだ。好きだという感情がストレートに伝わってくる。

彼はゆっくりと顔を近づけてきて、懇願するように囁いた。

「愛している、美織。もう二度と、俺から離れるなよ」

「はい、離れません。私も……愛しています」

彼のフロックコートのジャケットをちょんと握って、上目遣いで見つめた。

キスして欲しい。そんな気持ちを込めて、目を閉じる。

彼の吐息が唇に当たり、そして……甘く蕩けるような夜が始まる。

愛を紡ぎ、身体で愛を伝え合う。新たに新婚夫婦になった二人の蜜夜を見つめていたのは、真っ白な二羽の白鳥とバラの花びらだけ。

二人が身体を繋げるたびに、真っ赤なバラの花びらはフワリフワリと舞って二人を祝福したのだった。

あとがき

ここまでお読みいただきまして、ありがとうございました。橘柚葉です。

今作は、ちょっと異色（？）なヒーローの職業でしたが、いかがだったでしょうか？

これまでは社長や御曹司などのヒーローが多かったので、何か違う職業のヒーローを書きたい！　という願望から生まれた、「若きエリート閣僚に甘く狡猾に娶られました～策士すぎる彼は最愛の妻を捕らえて離さない～」ですが、試行錯誤の連続で消しては書きを繰り返し……。なんとか出来上がったときは、本当にホッとしたものです。

初めは代議士の秘書にしようかと考えたのですが、ここは振り切って大臣になってもらいましょう！　と民間から大抜擢された大臣にしてみました。

民間から大臣になられた方はいますが、こんなに若い大臣は過去にはいないかも？　でも、そこはほら！　小説の世界ですから、「あり」ということで。

総司は、家柄よし、容姿よし！　のスパダリヒーロー。でも、いざ恋愛に関しては辣腕を振るうことができない少々ヘタレな部分も。そんなギャップを楽しんでいただけたら嬉しいです。

一方のヒロイン、美織は、家族愛に飢えている女性です。

総司と出会う前までは一人で暁家に立ち向かっていました。強い女性ではあるけれど、心のどこかで「この場から救い出して欲しい」とずっと願っていたのだと思います。

総司と出会う前までは肩肘はっていた美織ですが、心を少しずつ許していきます。そんな彼女の変化を楽しんでいただけましたら幸いです。


今作も色々な方々にご尽力いただきました。

表紙イラストを手がけてくださったのは、さばるどろ先生です。

寒椿が今作のキーアイテムなのですが、その寒椿を華やかに煌びやかに表現してくださいました。

男の色気ダダ漏れな総司、かわいらしさの中にも凜としている美織がまた素敵で！何度も見てはドキドキしております。

また、マーマレード文庫編集部様、担当様、そして今作に携わってくださいましたすべての皆様にお礼申し上げます。

そして、この本を手にしてくださった読者の皆様方。本当にありがとうございました。

また、何かの折りにお目見えすることを楽しみにしております。

橘柚葉

marmaladebunko

冷徹策士は愛も独占欲も庇護欲も全開!?

ISBN 978-4-596-75551-3

スパダリ御曹司の一途な策略婚

~甘すぎる秘夜からずっと寵愛されています~

橘 柚葉

恋愛下手な真凜は、友人の結婚式帰りに寄ったバーで大人の色気溢れる良之助に出会う。密かに良之助の冷厳な優しさを知り、寂しげな彼の瞳に射竦められ「君が欲しい」と囁かれて…甘く蕩ける夜をすごした。だが彼に、実は御曹司で、真凜と思わぬ係わりがあると告白され動揺。それでも良之助は熱情と策略と愛で、真凜を掴まえようと激しく求め続けて!?

甘くてほろ苦い。キュンとする恋♥　マーマレード文庫　定価 本体630円 + 税

m a r m a l a d e b u n k o

「もっと、僕だけを欲しがって」
この彼氏、秘密も溺愛も最高に甘い♡

ISBN 978-4-596-41661-2

極上彼氏と秘密の甘恋
～出会ってすぐに溺愛されています～

橘 柚葉

奥手で恋愛経験がないのどかは、あるきっかけで隼人と携帯でのやり取りによるお付き合いを始める。文字や声から溢れ出る隼人の誠実な優しさに惹かれ、初デートをすることに。隼人の完璧なエリートの一面と暴漢から護ってくれた凛々しさにときめく。更に情熱的な瞳で「君のこと、大事にする」と甘く囁かれ…。幸せ一杯の二人だが、隼人には秘密が!?

甘くてほろ苦い。キュンとする恋♥　マーマレード文庫　定価 本体620円＋税

m a r m a l a d e b u n k o

一夜のはずが、ママも赤ちゃんも
永遠に溺愛されて…！

ISBN 978-4-596-31969-2

懐妊一夜で極秘出産したのに、シークレットベビーごと娶られました

橘 柚葉

容姿も仕事も完璧なCEO・氷雨の秘書である楓香は、密かに彼に恋をしていた。だが、ある事情で彼から離れる決心をした夜、強い瞳の氷雨に抱きしめられ、甘い一夜に蕩ける。その後、なんと妊娠が発覚!?楓香は会社を辞め連絡を絶ち、秘密で子どもを産み育てることに。ところが、あるパーティーでなぜか氷雨に見つかり「君を捕まえる」と熱いキスをされ!?

甘くてほろ苦い。キュンとする恋♥　マーマレード文庫　定価 本体620円 + 税

m a r m a l a d e b u n k o

蜜夜を共にしたのは、
天敵エリート同期!?

ISBN 978-4-596-01360-6

一夜限りのはずが、クールな帝王の熱烈求愛が始まりました

橘 柚葉

大手化粧品会社に勤める結愛は、初恋を拗らせ恋愛に後ろ向き。だが、マーケティング部の帝王と呼ばれるエリートの亮磨と、ひょんなことから熱く甘い一夜を過ごしてしまう！平静を装う結愛に、亮磨は蕩けるような声と瞳で「俺だけを見ていればいい」と迫り、甘やかしてくる。そんな亮磨に惹かれていく結愛は、彼のため初恋にけじめをつけると決めて!?

甘くてほろ苦い。キュンとする恋♥　マーマレード文庫　定価 本体620円 + 税

ファンレターの宛先

マーマレード文庫をお買い上げいただきありがとうございます。
この作品を読んでのご意見・ご感想をお聞かせください。

宛先
〒100-0004　東京都千代田区大手町 1-5-1
大手町ファーストスクエア イーストタワー 19 階
株式会社ハーパーコリンズ・ジャパン　マーマレード文庫編集部
橘 柚葉先生

マーマレード文庫特製壁紙プレゼント!

読者アンケートにお答えいただいた方全員に、表紙イラストの
特製 PC 用・スマートフォン用壁紙をプレゼントします。

詳細はマーマレード文庫サイトをご覧ください!!
公式サイト
@marmaladebunko

twitter も チェック!

m a r m a l a d e b u n k o

マーマレード文庫

若きエリート閣僚に甘く狡猾に娶られました
～策士すぎる彼は最愛の妻を捕らえて離さない～

2023年5月15日　第1刷発行　定価はカバーに表示してあります

著者　橘 柚葉　© YUZUHA TACHIBANA 2023
発行人　鈴木幸辰
発行所　株式会社ハーパーコリンズ・ジャパン
東京都千代田区大手町1-5-1
電話　03-6269-2883（営業）
0570-008091（読者サービス係）
印刷・製本　中央精版印刷株式会社

Printed in Japan ©K.K. HarperCollins Japan 2023
ISBN-978-4-596-77355-5

m a r m a l a d e b u n k o